唯美阅读

Weimei Yuedu

唯美阅读

一路开花 陈晓辉 /主编/

不放弃就是春天

煤炭工业出版社
·北京·

图书在版编目（CIP）数据

不放弃就是春天/一路开花，陈晓辉主编．－－北京：煤炭工业出版社，2018（2023.2 重印）

（唯美阅读）

ISBN 978－7－5020－7009－0

Ⅰ.①不…　Ⅱ.①一…　②陈…　Ⅲ.①故事—作品集—世界　Ⅳ.①I14

中国版本图书馆 CIP 数据核字(2018)第 248255 号

不放弃就是春天（唯美阅读）

主　　编　一路开花　陈晓辉
责任编辑　马明仁
编　　辑　郭浩亮
封面设计　宋双成

出版发行　煤炭工业出版社（北京市朝阳区芍药居 35 号　100029）
电　　话　010－84657898（总编室）　010－84657880（读者服务部）
网　　址　www.cciph.com.cn
印　　刷　北京飞达印刷有限责任公司
经　　销　全国新华书店

开　　本　710mm×1000mm $^{1}/_{16}$　**印张**　14　**字数**　220 千字
版　　次　2019 年 1 月第 1 版　2023 年 2 月第 3 次印刷
社内编号　9889　　**定价**　46.00 元

目录

Contents

Chapter One

第二辑 Chapter Two

第三辑 Chapter Three

第四辑 Chapter Four

第五辑

Chapter Five

第一辑

Chapter One

唯美阅读

Weimei Yuedu

敬畏之心

文 / 朱国勇

野心、贪婪、自爱、虚荣、友谊、慷慨、公共精神：这些在不同程度上掺杂在一起而遍布社会的情感，自有史以来一直是所有行动和事业的动因，它们已为人类所注视。

——休谟

1977 年，刘海粟下放到安徽凤阳，寄居在一位陈姓老汉家中。

陈老汉有两个儿子，陈老大与陈老二。这两兄弟相差一岁，都长得高高大大，但是性格却迥异。陈老大豪爽干练，做事风风火火，口头禅是“我怕啥”。陈老二却天生胆小，连杀鸡都不敢，而且极为迷信，一天到晚口中念叨着什么“举头三尺有神明”。

三年自然灾害期间，有一天家里断粮了。陈老二跟着村里一帮年轻人去邻村偷南瓜。大家摸着黑，蹑手蹑脚地奔进南瓜地，抱起南瓜就跑。跑回村一看，陈老二不见了。陈老汉急了，这孩子莫不是被人家逮住了。那年头，偷人家粮食可不是小事。被抓住了，打个半死还算轻的，搞出人命来也是常有的事。

一想到这，陈老汉眼泪就下来了。陈老汉哭哭啼啼一路找回去。奔到南瓜地边一看，陈老二好生生的，正一个人跪在地上，朝着南瓜磕头呢。陈老汉火了，一脚把陈老二踹倒在地上，轻声喝道："你在搞什么名堂？"陈老二爬起来，拍拍身上的泥土，期期艾艾地说："举头三尺有神明！我们偷人家的南瓜总是不对吧……但是我又确实饿得受不了了，所以我给菩萨磕头，请菩萨原谅。我正在'问诰'呢……"

这"问诰"是当时农村的一种迷信活动：心中要是有什么事要请求菩萨，就用两块竹片往空中一抛。竹片落下来后，如果一个正面一个反面，就代表菩萨同意了。若是两个都是正面，或两个都是反而，就代表菩萨不同意。

那天说也奇怪，陈老二反复掷了十多次竹片，愣是没出现一个正面一个反面。于是，他就跪在南瓜地里不停地磕头，乞求菩萨发慈悲了。

那天，陈老汉是揪着陈老二的耳朵，把他拽回家的。第二天，陈老汉气得躺在床上睡了一整天。气完了，陈老汉就在心里叹气：老二这孩子，老实得过了头，看来是废了！

陈老大呢，跟他弟弟恰恰相反。有一回，家里又断粮了。大半夜里，陈老大一个人跑到十几里外，把人家地里种的红薯偷回来一大袋子。其间，还与两个看地的小伙子发生了冲突。陈老大一拳就打倒了一个，然后旋风一样跑走了。

有了这一袋子红薯，陈老汉一家总算渡过了难关。每次吃红薯的时候，陈老汉都要数落一下陈老二："要是指望你，这一家人就得饿死。你瞧你哥，多能干。"每当此时，陈老二就低着头，涨红着脸，一句话也不敢说。陈老大就劝父亲："弟弟其实也很好，就是胆子小点。您老消消气，不是有我嘛。只要有我在，咱这一家人就不会饿着！"说到最后一句，陈老大总是骄傲地一仰头。

陈老汉喜欢陈老大，村里人也都喜欢陈老大。陈老大走到哪，都会聚过来一大帮大姑娘小伙子，有说有笑。陈老二呢，挤在人群中，努力地挤出几分笑容，却没人答理。

但是，刘海粟却并不这么看。他觉得陈老二这孩子勤劳、本分又善良，是个好孩子。而陈老大呢，虽然能干，但行为张扬狂放，若是不加以约束，只怕会惹出事来。

这想法，刘海粟也跟陈老汉说过。但是陈老汉却不以为然："先生，您是文化人，我一直觉得您懂得道理多。但是这次，您只怕是看走眼了。老二跟老大，根本就没法比！"

1979 年，刘海粟回到了北京。但是不断有陈老大与陈老二的消息传来：陈老大承包了村里的鱼塘，赚钱了；陈老大在镇上开了一家饭店，生意很红火……陈老二呢，精心侍弄着家里的几亩薄田，日子嘛，也还算过得去。

但是，到了 1988 年，事情发生了巨大的变化。陈老二用辛苦攒下的钱买了一辆货车跑运输。由于大家都知道他天生胆小谨慎，所以都放心用他的车，他的生意十分兴隆。而陈老大，却因为偷猎国家二级保护动物，被判了十年刑。

竟然一语成谶！听到这些消息，刘海粟轻叹了一口气。

人的内心，总得敬畏点什么。可以是法律、道德，也可以是行业权威、宗族礼法，甚至可以是宗教迷信。只要有一件是他所敬畏的，就能对他的行为起到约束作用。若是无所敬畏，那迟早是要出问题的。

人生路上有朋友

文 / 朱国勇

选择朋友一定要谨慎！地道的自私自利，会戴上友谊的假面具，却又设好陷阱来坑你。

——《克雷洛夫寓言》

生活中，有一些人，也许联系并不频繁，但是有了悲喜，会先给他发个短信；有了困难，会想着找他帮忙。我想，这就是朋友吧。

朋友的酒店开张，我去祝贺。大厅里熙熙攘攘地摆了几十桌。人们彼此之间热情地打着招呼，使劲地握着手。这些来宾都是当地有头有脸的，不是带“长”，就是带“总”。朋友走来，很亲近的揽着我的肩头，把我引到三楼一个幽静雅致的包间。推开门，里面坐着我们高中时的几位同学，都是经年的好友。坐下，随意喝茶，磕瓜子，彼此开着无伤大雅的玩笑。

开席了，除了几道主菜，其他的都是我们平时爱吃的菜。这是朋友特地安排的，都是知根知底的老友，爱什么，不爱什么，早已烂熟于心。烫一壶舒心养胃的黄酒，大家说着笑着吃开了。

朋友很忙，直到宴席快结束时，才来到我们的包间。一进门，他就脱下西装，搭在椅背上，然后松松领带，关了手机。没有多余的客套，朋友就着一小碟咸菜，连吃了两碗米饭，边吃边冲我们直乐："还是老朋友好，外面那些家伙就知道给我灌酒。"

吃完，围坐一处，说的都是掏心的话，说到动情处，朋友眼圈发红，声音哽咽："出了这扇门，外面的，我见谁都叫兄弟，但是我知道，真正的兄弟，就咱们这几位……"

是啊，有的"朋友"，是放在桌面上酒杯前的，自己知道当不得真，却也少他不得。而真正的朋友，是放在心里的，不因地位浮沉，不因名利得失，只因曾共守过一段相知的岁月，如酒，越久，愈陈。

元旦时，一位朋友来访，我电话邀来几位好友作陪。都是多年未见的老友，相逢一笑，涌起的都是经年的温馨。晚上，好几个人嘻嘻哈哈挤在一张床上，仿佛又回到了斑斓美好的年少时光。

第二天，才知道，原来朋友下岗了。朋友说："没什么，只是心里有点堵，见到你们就好多了。"都是些穷朋友，帮不上什么实质的忙，但是一个温暖的微笑，一个热乎乎的握手，都能激起人生的希望，照亮前进的路。一忆起，便知道，跋涉的途中，并不孤单。

得意时，憧憬的都是未来；困境中，携手的才是朋友。人生于斯时斯世，能得一知己，足矣。若是能有一大群谈得来靠得住的朋友，还无法成功，我不信也。

人鼠相依

文／朱国勇

与智人同行，必是智慧。

——谚语

1987 年秋，十八岁的我在江西的一家小煤窑打工，带我的是一位姓徐的老矿工，我叫他师傅。

第一次下井，他吩咐我用破旧的饭盒带一些剩菜剩饭到井底。我心里纳闷，却也照办了，师傅他自己也带了一些吃剩的饭菜。坐缆车时，我奇怪地发现，好多工人手上都拿着个旧饭盒。我想，这可能是防范于未然吧，万一发生了矿难，被困在井底下，有这一盒饭，就能多坚持几天吧。

可是我错了，到了井底，工人们就把剩饭倒在了地上。这我就真搞不懂了，我问师傅这是为什么。昏暗的矿灯下，师傅憨厚地笑了，用手指了指地上，一会儿你就明白了。

没过一会儿，我发现，几只老鼠不知从哪钻出来了，直奔那些饭菜。

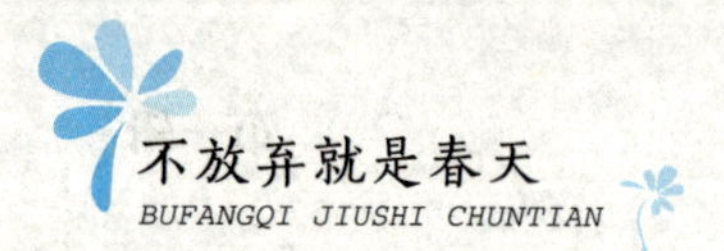

它们迎着我们头上的矿灯，眼睛嘀溜溜地直转，一点儿也不怕人。

师傅咧开嘴笑了，他从衣兜里掏出一小块面包，一小块一小块地撕下，扔给那几只老鼠。那神情专注而亲切，就好像朴实善良的农人在侍弄自家的牲口。

几千米深的井底下，居然还有老鼠？我满脸疑惑。

“原本是没有老鼠的，不过只要有了食物，终有一天会把老鼠引来的。我刚来干活那会，这井里就没有老鼠。”师傅扔下手中最后一小块面包，双手一拍，“干活吧！”

矿工的生活是劳累而寂寞的，两个人一个工作面，窝在一条狭窄的巷道里，至于别的工人在哪里，是看不见的。筋疲力尽休息的时候，我唯一的乐趣，就是看老鼠。在灰白的矿灯下，这些老鼠或坐或卧，时奔时逐，胆大的还会跑到我的脚边打几个转。看着看着，心中便生出喜悦。我终于能够理解，为什么矿工们每次都不忘带些食物下来，原来这些老鼠是他们枯燥生活的唯一调剂啊！

在这与世隔绝的地底下，人与鼠的关系完全改变了。

如此过了半个多月，直到有一天，师傅还是像往常一样，一脸祥和地撕着面包喂老鼠。突然，那几只老鼠对地上的食物不管不顾，飞快地向外面跑去。师傅一脸紧张，拉着我就往外面跑。等跑出我们的那条巷道时，我才发现，许许多多的矿工都从不同的角落奔出来，一脸紧张，嘴里相互喊着：“快跑啊，快跑啊……”

拥挤着回到地面，站立在灿烂的阳光下，师傅忐忑的神情才平静下来。原来，井底的瓦斯浓度一旦超高，老鼠就会产生警觉逃出井外。井里虽然有探测瓦斯的仪器，却不如老鼠来得准确。矿工们为了生存，就利用食物把大量老鼠引入井底，并时刻观察老鼠的动向。

险情排除了，我们又回到了井底，再看到这些机灵的老鼠，我忽然有了一种想要流泪的冲动。喂老鼠，这哪里是为了调剂生活啊！多少鲜活的性命，就维系在这不起眼的老鼠身上啊！

两年后，我离开了这家小煤矿，但是徐师傅黝黑而淳朴的笑容，还有那些老鼠绿豆一样机灵闪亮的眼睛，时常会在我的梦里闪现，回忆起来，就有一股说不出的苍凉。

善良是最高的技巧

▶ 文／牟丕志

利人的品德我认为就是善。

——培根

山里居住着一个叫神通的动物。它虽然年龄很大了，但身手强健敏捷、捕猎技术高超。许多动物提出登门拜它为师，它都一一谢绝了。猫和虎都是十分执著的动物，它们虽然吃了闭门羹但并不气馁，一直不肯放弃。第一次不行，就去第二次，第二次不行，就去第三次……最后，神通被他们的真诚和耐心感动了，于是收它们为徒。

猫和老虎学艺时都非常虚心、刻苦、努力，很快就掌握了腾、扑、挪、闪、掀、跨、翻、扫等各种技巧。时光飞逝，一转眼三年过去了，它们都已成为本领高强的动物了。一天，神通把猫和虎叫到面前，说："我把自己所有的技艺都传授给你们了，你们已经是动物世界的佼佼者，没有谁能够欺负你们了。现在，你们可以走了。"

猫和虎却各有不同的想法。虎兴奋极了，它想，这下子可以出山大显身手了，于是高高兴兴地辞别了师傅。

可是，猫却犹豫起来。它发现，师傅辛辛苦苦地把技艺传给了徒弟，它却越来越老了。如果两个徒弟都走了，它会感到十分孤独的。实际上，师傅是很需要徒弟照料的。于是猫提出，要留下来照顾师傅。

师傅不同意，说这样对猫不公平。猫一再坚持自己的想法，后来师傅就同意了。

日子在平淡中流逝。猫发现，师傅总是说想吃树上的果子。为了满足师傅的要求，猫就试图上树采摘果子。但猫不会爬树，师傅从来也没有教它这门功夫。可是，为了让师傅吃上果子，它就豁出去了。它一次又一次地从树上摔了下来，摔得浑身上下伤痕累累。师傅很心疼它，但并没有制止它。经过反复地摸索尝试，有一天，猫终于学会了爬树的技巧。随着时间的推移，猫爬树的本事越来越高。现在，它爬树如履平地。

这一天，猫意外地发现它给师傅摘的果子都原原本本地储藏在一个洞穴里。猫很纳闷，师傅怎么没有吃掉这些果子呢？

师傅看出了猫的心思，于是语重心长地对猫说：“我教了你这么多本事，你说说，什么是最高的技巧呀。”

猫说自己不清楚。师傅说：“本来，按照神通家族的说法，爬树是本事中的最高技巧，它既是捕猎的技术，又是避险的方法，按祖上规定这是不能外传的。可是，你那么善良，我不让你学会它，于心不忍呀。所以，我变相地教会了你爬树，又没有违反祖上的规定。应该说，是你的善良让你学会了爬树，善良才是本领中的最高的技巧呀。”

猫对神通的说法似懂非懂。不久，神通仙逝了。

猫下了山，正巧碰上了虎。此时的虎已成为兽中之王，威风八面，得意洋洋。

虎心想，如果我现在吃掉猫，那么世界上就再也没有其他动物与我相提并论了。于是，它对猫说："你留在山上独自学艺，想对我不利是不是？没那么容易，现在我就要吃掉你。"

于是，虎呲牙咧嘴地扑向了猫。猫不慌不忙地闪开了，虎扑空了。正当虎转身想再次扑向猫的时候，却发现猫已稳稳地坐在高高的树杈上，向虎做着鬼脸。

虎想，我和猫是一个师傅教的，猫会的技巧，我也应该会。于是，它用尽全身力气向树上爬去。结果它一次又一次地失败了，摔得鼻青脸肿。最终它明白了：自己压根就不会爬树，要爬树，比登天还难。紧接着它又想：猫怎么会爬树呢？它百思不得其解。

于是，它问猫这是怎么回事。

猫说："我只想帮师傅摘树上的果子，却意外地学会了爬树。我现在明白了师傅所讲的善良是最高技巧的含义，是善良帮助了我呀。"

善心为强

文 / 牟丕志

从善如登，从恶如崩。

——左传

虎大王由于年老死去了。许多年轻的老虎都想当新一代虎大王。于是，山林中气氛紧张起来，大家都摆出了拼死一争高低的架势。

山神知道了这件事。为了避免争斗和流血，山神提出，将采取实力比拼、公平竞争的办法，选出新一代虎大王，大家表示同意。

山林中热闹起来。大家如八仙过海，各显神通。每个参与比拼的老虎都把平时练就的本事一一展示给大家。呐喊声、喝彩声此起彼伏，震撼山林。通过比力量、比勇敢、比智慧等一系列的比拼，大虎、二虎、三虎在众多的老虎中脱颖而出，它们进入了最后一个项目的比拼。

最后一个项目是比吃兔子。大家对这一项目感到莫名其妙，觉得这实在是太简单了。

山神摆出三堆小兔子，每堆有七八只，眼睛还没有睁开。显然，是刚出生不久。它们吱吱地叫着，看样子是饿极了。由于看不到东西，所以并不知道危险已悄悄地逼近了它们。

山神说："大家看清楚，你们眼前摆的是小兔子。我一喊口令，你们就开始吃掉它们。我要看你们的表现，从你们当中选出优胜者担任新一代虎大王。"

面对最后的一关，大家都铆足了劲，不敢有丝毫的懈怠和马虎。

"开始。"山神喊道。只见大虎猛扑上去，如风卷残云般地将几只小兔子吞到了肚子里，并没有咂出什么滋味。二虎看到弱小无助的小兔子，有些不忍，它迟疑了一下。但一想，为了争夺虎大王的位置，只能大开杀戒了。于是，它很麻利地将小兔子吃掉了。

就在大虎、二虎顺利地完成最后项目比拼的时候，三虎的表现吸引了大家的目光。不是因为三虎吃兔子吃得精彩，而是因为它表现得十分糟糕。只见它呆若木鸡，威风不在，两眼愣愣地看着小兔子，没有任何的动作。看样子，它是故意放弃了竞争。

围观的动物都唏嘘不已。大家都为三虎感到惋惜。因为在力量、勇敢、智力等方面的比拼中，三虎的成绩远远超过大虎、二虎。如果在最后一关发挥失常，那岂不是功亏一篑，抱憾终生。

其实，三虎并不是发挥失常，而是正常发挥。因为它十分善良，平时从不伤害弱小的动物。面对可怜巴巴、没有任何抵抗能力的小兔子，它是不肯下口的。即使是在竞争虎大王位子的关键时刻，它也决不会背叛自己的良知。

然而，比拼的结果却大大出乎大家的意料，山神宣布三虎为山林新一代的虎大王。

山神宣布完了之后，动物们都面面相觑，一头雾水。大家心里想，也许是山神马虎了，宣布错了。

山神看出了大家的心思。它说："这些小兔子是我用水果变化而来的。在表面上是比吃兔子，实际上比的是心性。事实表明，三虎是最善良的。这对于当大王来说是最为重要的。只有善良，才能容得下更多的动物，团结更多的动物，帮助更多的动物，从而建立起强大的动物王国，善心才是最强大的力量。"

大家一听，如醍醐灌顶，心服口服。

选副手

▶ 文 / 牟丕志

一个人不应受名誉、金钱和地位的诱惑……去忽视正义和其他德行。

——柏拉图

狮大王决定公开选拔一名副手。显然，狮大王的副手是一个竞争很激烈的位置。大象、狐狸、斑马、猎豹、猩猩等都报了名。于是，狮大王内心和对外分别进行了两个“版本”的点评分析。

关于大象。

内心独白：大象这家伙德高望重，在动物世界中很有威信和影响，特别是它的武力明显强于自己。如果让它当副手，很容易被它取而代之。所以，它想当副手，打死我也不准。

公开职场点评：大象有才有德，任劳任怨，是动物世界的模范公民。可惜的是，它的鼻子奇丑无比，如果它当上了我的副手，恐怕不利于工作的开展。所以，对大象的任职不予考虑。

关于狐狸。

内心独白：狐狸这家伙智商太高、诡计多端，我斗不过它。不知什么时候，它就会把我的位置给侵占了。对于这样狡猾的家伙，必须采取一百个警惕，一千个防备。狐狸想当副手，做梦去吧。

公开职场点评：狐狸聪明能干，有胆有识，是一个当副手的好材料。让它当副手，我的工作会轻松许多。可是，它曾偷过鸡，有品质上的缺点，这是万万不行的。

关于斑马。

内心独白：斑马是艺术家，它在大家心中有很高的地位。我对艺术一窍不通，如果把它放在自己的身边，会更显出自己不懂艺术。这对自己是很不利的，这样的傻事我才不干呢。

公开职场点评：斑马是一个德才兼备的好动物。特别是它知识渊博，精通艺术，在大家心中享有很高的威信。但是，斑马性格内向，领导能力欠缺了一点，所以，只能忍痛割爱了。

关于猎豹。

内心独白：这家伙是动物世界的短跑冠军。本来自己的短跑水平是一流的，如果没有猎豹，动物世界的短跑冠军头衔就是自己的。把猎豹选为副手，那么自己的短跑本事就显示不出来了。所以，猎豹跑得越快，我越不能用它。

公开职场点评：猎豹是动物世界的短跑冠军，这是它的一个很大的优势。可是，它的耐力差了一些。再说，猎豹捕杀了大量动物，许多动物对它有怨气。所以，它不太适合当我的副手。

关于猩猩。

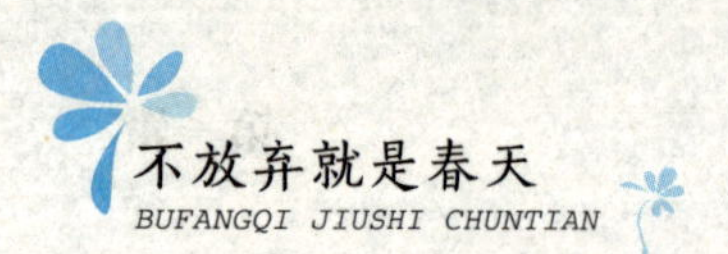

内心独白：这家伙又笨又蠢，放在身边不会威胁到自己的王位。再说了，它十分擅长鼓掌，鼓起掌来既响亮又富有节奏感，没有任何一种动物能与它争高下，这正是自己最需要的。所以，猩猩当副手最合适。

公开职场点评：猩猩是动物世界的平民。它默默无闻、朴实无华、兢兢业业，它是动物世界平民的代表。我选择它，就是要打破门户观念，由一位平民动物当副手。我相信，这是动物世界任职制度的一大历史性突破，它必然会给动物世界带来新的气象。

狮大王宣布：猩猩被选为副手。

选记者

▶ 文/甲牟

没有一种罪行比虚伪和背义更可耻了。

——培根

狮大王决定，采取考试方式招聘一名随行记者。这名记者将专门负责对狮大王各种活动的宣传报道工作。大家都清楚，如果当上了狮大王的随行记者，那是一件十分荣耀的事情。招聘记者公告发出去以后，许多动物记者前来报名。它们个个精神抖擞，兴致勃勃，显然大家都做了精心的准备。

考试如期举行。报名的动物记者被领到一处山坡上，狮大王当众咬死了一只羊。它宣布，这就是考试题。它让大家根据这一事实，写出一篇报道，并强调，必须注重大局意识。

斑马是一个善于描写细节的动物记者。斑马想，狮大王一定是想通过这一行动显示它的威风。于是，它在报道中栩栩如生地描绘了狮大王的威猛形象，详细介绍了狮大王如何张开血盆大口，咬住羊的喉咙，羊连咩的一声都没来得及叫，就一命呜呼了。斑马还借题发挥，详细地叙述了狮大王的成长经历：当初，狮大王是一个胆小怕事的小狮子，但是，它凭借一股顽强的拼搏精神。经过艰苦地磨练，经受住了重重考验，并很快成长起来，最终成为威风八面的狮大王。它在文章后面提议大家都要向狮大王致敬，向狮大王学习，当一名强者，不要当一名弱者。

孔雀是一个善于论述的记者。它用简练的语言概括了狮大王咬死一只羊的事实之后，用很长的篇幅论述了这只羊该被狮大王吃掉的理由。它将这只羊被该吃的理由归纳为八大类六十四条，每小条加了若干注释。按照它的理解，这只羊死一百回都不为过。狮大王咬死这只羊是十分英明正确的。而且，狮大王是不会轻易地咬死一只羊的，这只羊被狮大王咬死，是它的光荣，许多动物盼着被狮大王咬死，却没有机会。

猴子是一个善于思考的记者。它想，狮大王咬死一只羊，这个事件太平常了。如果简单地报道出去就会流于平淡，狮大王肯定不会满意。于是，它写出了这样一个题目：狮大王咬死的第一百只羊。它觉得，狮大王咬死的羊肯定要超过一百只，但这只羊是不是刚好达到第一百只，狮大王也不会记得清楚。说这只羊是狮大王咬死的第一百只羊，狮大王也不可能会反对。而把这只羊定位于是狮大王咬死的第一百只羊，是狮大王施展威风的一个阶段性成果，做为报道的价值和意义就大大被提升了。于是，一条平淡的消息，变成了一条不平淡的新闻。所以，它挖空心思地做起了狮大王咬死第一百只羊的文章，洋洋洒洒地写出了一篇稿子，它感到十分自信。

大家的稿子都写得差不多了，狐狸记者这才匆匆忙忙地赶到考试现场。经狮大王同意，狐狸参加了考试。只见狐狸沉思片刻，在考卷上不慌不忙地写下了一行字，就交了卷。

狮大王认真地看了大家的考卷，当场宣布决定录用狐狸。大家都很不服气，它们心里纳闷：狐狸只是在考卷上写了几个字，怎么就被狮大王选中了呢？这几个字到底是什么呢？

事后，狐狸透露了它在考卷上写的报道内容。它只在考卷上写了这样一个题目：狮大王今天咬死了一只披着羊皮的恶狼。

狮大王与打手

▶ 文 / 甲牟

许多虚伪的人用粗暴来掩饰他们的平庸；你碰撞他们一下吧，他们就像用别针扎着的气球一样，瘪了。

——巴尔扎克

狮大王是一个弄权的高手。本来，它可以很容易地杀死得罪它以及它看着不顺眼的动物。可是，它从来都不亲自动手，而是由打手代劳。它从来都是以和善可亲、温文尔雅、宽宏大量的形象出现。

它给手下的猎狗以杀伐的权力。它时常对猎狗说，你是我的心腹，你要全心全意为我办事，我会奖赏你的。

猎狗得到狮大王的信任，感到十分荣幸。它按着狮大王的意图，疯狂地猎杀其他动物。只要狮大王暗示对谁不满或者有意见，它就会立即行动，将“目标”消灭。由于有狮大王在背后支持，猎狗想整谁就整谁，想杀谁就杀谁，痛快极了。它按着狮大王的意思屠杀动物的同时，也将与自己有仇和过节的动物一并给消灭了。它越杀越眼红，越杀越上瘾，以致一发不可收，它一天不杀动物就十分难受。所以，每天它都要找到对付的目标，它变得疯狂了。谁要是稍有不慎，得罪了猎狗，很快就会大难临头。

每个动物都十分惧怕猎狗，因为，它有生杀予夺的权力。

猎狗显然惹了众怒。许多动物都在狮大王面前告猎狗的状，说猎狗滥杀无辜。

狮大王经常当着大家的面，狠狠地批评猎狗，让它痛改前非，改掉滥杀无辜的毛病。可是，它却在暗地里对猎狗说："这样说是不得已的，你该怎么干就怎么干，我会支持你的。"

根据狮大王的指示，猎狗先后杀死了动物王国的宰相斑马，大法官黑牛和开国元勋战马。

猎狗的恶行激起了越来越多动物的强烈反感，有些动物已经迁怒于狮大王。一些地方发生动物集会、闹事等事件，连狮大王的孩子也参加了集会，要求惩治猎狗。

狮大王想，猎狗虽然干得很卖力，为自己办了不少的事情，功劳是不小的。但是，牺牲一个猎狗来平息大家的怨气和不满是值得的。

于是，它列举了猎狗的十大罪状，决定处死它。听说猎狗被狮大王下令处死，大家十分高兴。一群动物蜂拥而上，片刻间将猎狗撕成了碎片。

狮大王向大家检讨说："我使用干部不慎，误用了猎狗这个坏家伙，让大家受了不少的苦。也让一些功劳很大的动物丧失了生命，我感到十分惭愧。"

大家都被狮大王的话感动了，它们纷纷称赞狮大王英明伟大。

不久，狮大王又选了黑狼当作自己的打手。这个家伙比猎狗更残忍、更冷酷、更狠毒。

速度比坚硬更可靠

▶ 文 / 甲年

过载者沉其舟，欲胜者杀其身。

——葛洪

蜗牛和小鱼是邻居。蜗牛生活在小河的浅水边，小鱼生活在小河的浅水里。蜗牛和小鱼都是弱者，它们都千方百计地想办法对付强敌的袭击。

小鱼练就了快速游动的本领，一有风吹草动，它就如同箭一般游走，消失得无影无踪。蜗牛想的是另一种办法，它在身体外面加了一层坚硬的外壳，如遇到敌人袭击，它就将身体蜷缩到壳子里，等到敌人走了，它再钻出来。

蜗牛感到自己这种对付敌人的办法最有效了。敌人来了，它总是不慌不忙地钻进壳子里，令敌人没办法，干着急。毛虫、蚂蚱、蝼蛄都曾向蜗牛发起过进攻，但蜗牛钻进了坚硬的壳子里以后，它们便无计可施了。时间长了，大家都知道了蜗牛的本领，也就不去欺负蜗牛了。蜗牛常向小鱼炫耀自己的本事，嘲笑小鱼只会狼狈地逃命，没有过硬的本领。

小鱼说："速度是我的看家本事，它是最靠得住的，你的外壳是挺坚固，对付敌人时比较省力而且很有风度。但是，你那外壳无论如何坚硬，毕竟是被动地应付挨打，而我虽然看上去胆子很小，但是却是主动地避险。"

蜗牛不服气，它认为小鱼不会造就硬壳，就知道嫉妒自己。它太珍惜自己的外壳了，它相信，有了如此坚硬的外壳，任何敌人也不会伤害到自己。于是，它每天都在精心地修饰和加固自己的外壳，使外壳越来越坚硬。

有一天，河边来了一只鸡，它看上去很饥饿，它沿着河边找东西吃。小鱼听到了鸡的脚步声，一眨眼的工夫就游走了。蜗牛发现鸡来了，就像往常一样不慌不忙地钻进了外壳里。可是，鸡却不管你外壳是否坚硬，它一下子就把蜗牛连壳带身体全部都吞到了肚子里。

蜗牛这才知道它的坚硬外壳是靠不住的，但为时已晚。

邀你共擎庆生之烛

▶ 文/纳兰泽芸

一分钟的成功，付出的代价却是好些年的失败。

——勃郎宁

作为中国民主同盟的卓越领导人，你并不是一名共产党员。然而，你是中国共产党的亲密朋友。沧桑岁月之中，你与党风雨同舟，和衷共济、同仇敌忾。

所以，当党的90华诞来临之际，所有党的儿女，诚挚地邀请你，与我们一起浴歌沐舞，共擎那柄庆生之烛。

我们景仰你，是因为在你有形生命的漫漫98载里，虽然屡经冰刀霜剑、雪虐风号，但你犹似一剪寒梅，冰雪林中著此身，不受尘埃半点侵。

魂兮归来！

让我们追随你曾经的脚步，再次去感受你的赤忱，你的风标。

你说："我用六十多年的报国路诠释了一直坚持的专业：爱国。国家需要我工作到什么时候我就工作到什么时候，我从不考虑自己的得失，祖国和人民的忧就是我的忧，祖国和人民的乐就是我的乐。”

你一生勤勉劬劳、为国为民。你以你的高坚节气为秤，准确地度量何为“伟”？何为“小”？然后毅然地取“伟”而舍“小”。——在学习方法上，这杆秤告诉你：伟是“全局”，小是“小难”。

人生短短几十年，如何才能利用最少的时间学到更多新知识呢？你认为学习就像走路，会有很多小障碍、小沟坎。有的人碰到沟坎，非得把沟填满，把坎掩实才肯过去，这样就把时间和精力泡进小问题里去了，其实只要大胆跨过或绕过小沟坎就行了。跨过去走远了再回头来看时，会发现原来的沟坎都不见了。——在学习精神上，这杆秤告诉你：伟是“不辞辛苦”，小是“生而知之”。

钱伟长十八岁考入清华大学历史系时，中文、历史成绩均得满分。中文答卷让文学大师朱自清击节叫好，历史答卷令历史学家陈寅恪拍案赞叹。当别人称赞你为天才时，你说：“我不是天才，关键在于刻苦和努力，生而知之者是不存在的，天才也是不存在的，所有人都是“后才”。有多少“仲永”式的神童最后泯然众人，那是因为你们自以为是神童，不用再继续刻苦。从而丧失了刻苦精神，最后必然归于寂灭。反之，天资平庸而靠后天顽强奋发，最后举世闻名，大有人在。”

“文章已满行人耳”的白居易也不是生而就能作锦绣华章，“二十以来，昼课赋，间又课诗，不遑被息矣。以至口成疮，手肘成胝”。读书读得嘴里生满疮泡，练诗练得手肘长满老茧。难怪日后“童子解吟《长恨》曲，胡儿能唱《琵琶》篇”。——在专业选择上，这杆秤告诉你：伟是“国家需要”，小是“自己得失”。

一个高考物理只考 5 分的人，不仅大学毕业时物理成绩名列前茅，而

且日后成为名震中外的物理学家！这样不可思议的奇迹就发生在钱伟长身上。

1931年钱伟长考入清华大学，中文、历史双满分，但物理仅5分，数学、化学相加才20分。你考取的是历史系。很快日本悍然发动九一八事变，蒋介石奉行不抵抗政策，他的一个重要理由是日本人有精良的飞机大炮，中国却没有，就算抵抗也必败。国弱则民受欺，钱伟长与千万同胞一样愤怒了！你立即做出一个惊人的决定：改学物理系！用先进的科技为祖国造出精良的武器，把侵略者赶出中国！

物理考5分还想学物理系，这不是开玩笑吗？当时物理系主任是中国近代物理学奠基人吴有训，他对于钱伟长的请求当然一口回绝。最终精诚开金石，吴有训被感动，勉强同意试读一年，一年之后若成绩不合格即遭退回。这一年里，钱伟长极度刻苦，和衣而眠，闻鸡起舞，很快就由后进生变为先进生，毕业时已成为物理系佼佼者，跟随导师吴有训进行物理学研究，为提高国防装备提供科技支持。——在科技信念上，这杆秤告诉你：伟是“祖国和人民”，小是“国外优厚条件”。

1940年你考取了庚子赔款公费留学到加拿大。1946年回国。1947年，美国以极为优越的条件力邀钱伟长全家赴美工作生活，但要求你宣誓若有朝一日中美两国交战将忠于美方。钱伟长不假思索的拒绝了邀请。——在对待命运的不公上，这杆秤告诉你：伟是“乐观豁达”，小是“怨天尤人”。

即使在那段特殊岁月里受到不公正待遇，你也从不怨天尤人，而是见缝插针地用自己的科技知识解决技术难题。1968年，已经56岁的钱伟长被下放到首都北京特钢厂做一名炉前工，炉前工既脏且苦，还要忍受超高温度，使用的铁棒就有五十多公斤重，一般年轻人都举不动，何况年近六十的你。但你是物理学家，懂得力学，你把铁棒的一头放在一个和炉子等高的铁架上，再在铁棒另一头按下去，这样就举起来了。这种“发明”为十多位炉前工降低了劳动强度。你从 1957 年被打成“右派”，直到 1979 年摘帽，12 年间，你备尝辛酸，但仍乐观豁达，“只有梅花吹不尽，依然新白抱新红”。

而今，你离去了。

不，你并未离去。你永远也不会离去，亿万人民在党的 90 华诞来临之际，诚挚地邀请你，与我们一起浴歌沐舞，共擎那柄庆生之烛。

若你听到，魂兮归来！

如何成为 NBA 吉祥物

▶ 文／胡征和

与智慧结合的幻想是艺术之母和奇迹之迷。

——戈雅

NBA 赛场，在比赛暂停的间歇，会突然冲出一头人扮的公牛或是灰熊、雄狮什么的，他们冲到赛场中央，风一样的花式灌篮、胯下传球、滑稽舞蹈等竞相绽放，极尽夸张炫酷之势，丰富了比赛间隙的现场气氛，娱乐了观众。这就是 NBA 吉祥物的表演。

NBA 的每支球队（纽约尼克斯队除外）都有自己特定的吉祥物。它们一般出自各支球队队名或者美国各州当地的珍稀动物。但要当上这个娱乐观众的吉祥物还真的不容易。

2016 年初，NBA 快船队在洛杉矶举行了一场吉祥物的招聘会，吸引了千百球迷的关注。只是应聘条件并非玩玩闹闹的小儿科，要求应聘者至少是高中学历，大学毕业者优先，还要会扣篮、会表演、有编剧经验，有市场营销工作背景的优先，像这样的圈定应聘全美每年只有寥寥百人能成功如愿。

那么，要实现NBA吉祥物的梦想，娱乐观众的背后要有怎样的功夫呢?

善于沟通与表演。快船队这次招聘就重点要求：发展、创造并执行新的表演项目，有良好的沟通能力。在一个万人喧嚣的球馆，吉祥物只能通过强大的表演能力将球场的气氛推向高潮。一个具备市场营销经验的NBA吉祥物，要知道球迷和电视转播喜欢什么，他们要根据不同的对手、节日安排不同的娱乐表演环节。这方面最有名的是休斯敦的火箭熊，曾两度获得“年度最佳吉祥物”，沟通艺术大多是恶作剧一类的。如猛地将蛋糕拍在球迷脸上，突然跳出来吓球迷等，甚至敢对球员“下毒手”，像霍华德就曾在更衣室门口被吓得将手机都摔了出去。

能举重45公斤以上。几乎每一支NBA球队在吉祥物招聘的要求里都有这么一条，“能举起45公斤以上的重物”。吉祥物是个体力活，比赛暂停间隙，吉祥物有时会溜进美女拉拉队，突然将队员托举起来，在球场上演“美女与野兽”的瞬间短剧。

拥有扣篮等绝技。“会扣篮”是篮球场上最炫酷的瞬间，吉祥物在这方面一定要“身怀绝技”。勇士的吉祥物桑德最拿手的动作是起跳后胯下换球翻腾后扣篮，并且是双扣，即左手扣篮后，右手在篮筐下接到球后再次扣篮。桑德因为这样的绝技在吉祥物选秀大赛中就获得第一名，也因此从上岗第一天起，就收到了球队的一份永久合同，并获得了吉祥物的最高年薪20万美元（吉祥物的平均年薪6万美元左右）。当然，吉祥物的绝活不止是扣篮，比如开拓者的火焰猫会表演杂技，魔术队的魔术龙的特殊技能是射击。

能编剧，忠于娱乐精神。吉祥物要根据不同的场景，扮演角色，演出意想不到的剧情，以调拨观众的情绪。有人说，吉祥物的地位如同球队的“最佳第六人”，必须忠于娱乐精神。有的球员脾气大，尽管吉祥物卖力，但他并不买账，甚至狠下“杀手”。这时的吉祥物就要忠于娱乐至上的精神，不但要能忍，还要配合球员，灵活地编出让观众惊叹或爆笑的剧情。如尼克斯队的罗宾·洛佩兹，他特别喜欢“揍打”吉祥物，曾拔掉活塞吉祥物胡伯的头发，将老鹰吉祥物的翅膀折断……为此，吉祥物除了忍痛配合“挨打”，还要即时的编出天衣无缝的剧本让观众乐呵。

耐得住寂寞。虽是娱乐至死，但自己一定要耐得住寂寞，这是NBA吉祥物扮演者自我修养里最重要的一条。根据NBA的规定，吉祥物扮演者是不可以透露身份的，不能以真面目示人。即便球场的灯光再亮，他们也只能生活在“暗处”，让观众看到一个轮廓。一旦他们的真实面目出现在媒体上，不但要接受重金的处罚，甚至有可能就此下岗。猛龙队的吉祥物小恐龙谈到多年的吉祥物生涯时说，只有场馆的工作人员和球员见过他的庐山真面目。

NBA吉祥物的收入在美国算不上高，但应聘条件绝对算得上严苛，二者性价比不高，可为什么会有千百球迷的蜂拥而至，而一旦成为了吉祥物，又是那么的执着走心呢？这与美国人乐于用才情娱乐的思想有关，美国作家爱默生就说过，懂得娱乐实在是一种幸福的才能。火箭熊就表示，尽管在看似简单的娱乐背后其实是很不简单的付出，但会娱乐，能被观众娱乐，这是他的才能所在，幸福所在。魔术龙则说，有时间娱乐，便没有时间生病。

让立意更高一筹

文 / 胡征和

谈话，和作文一样，有主题、有腹稿、有层次、有头尾，不可语无伦次。

——梁实秋

安徽卫视《超级演说家》第三季的舞台上，几位选手的演讲都因立意更高一筹而受到导师的青睐，从而纷纷晋级。

由浅入深的追求

陈铭演讲的题目是《父亲》，他讲完手中一枚军功章背后的历史故事——父亲破获震惊全国的铁山 1・2 特大枪支弹药失窃案的经过后说道：从这一枚军功章之后我的父亲正式进入到国家隐蔽战线工作，这也注定了刚才这个故事成为了他生涯中为数不多的我可以在这里跟各位分享的故事。我父亲的一张登记照，从我初中毕业开始，我就把他放在我的钱包里，一直到我博士毕业从没离开过。父亲之于我早已不再是偶像的地位，而是已经有一点类似于信仰的味道，他的那张照片很多时候我碰到就觉得安心和踏实，我看到他的样子就仿佛看到了忠诚、看到了智慧、看到了勇气、看到了奉献。每当我彷徨无依的时候，我就会问自己如果是我爸爸在他会怎么做；当我睁开眼睛，我就可以看到方向，我就可以感受到从心底深处那股无尽的力量。

父母是孩子永恒的生命范本，到底该怎么做一名合格的父亲，也许我已经找到了答案。你想让孩子成为一个什么样的人，你就先做一个那样的人给他看。芷诺，我的女儿，虽然你现在还听不明白你父亲的这篇演讲，但我希望等你到了我这个年纪的时候，提到你的父亲你也可以有好故事可以说，你也可以自豪的微笑，你也可以由衷的骄傲。

说父亲，一般都是从某个角度赞颂父爱，或是赞颂父亲的某种品质。陈铭的演讲也未能免俗，赞颂了警察父亲的忠诚、智慧、勇敢、奉献。这样的立意本身是不错的，但只是落在了一听便知的浅层次上。可贵的是，陈铭没有就此打住，而是由浅入深，除了赞颂了父亲外，更重要的是还要学习父亲，追求做父亲一样的父亲，追求做一个让女儿长大后也有父亲的故事可讲的父亲。如此立意，自然要比一般的赞颂父亲的演讲更高一筹，听众印象自然更加深刻。

由表及里的挖掘

我暗暗在自己的心里下决心，虽然没有手了但是我还有脚，我开始学着用脚吃饭穿衣，用脚洗脸刷牙，甚至去学骑自行车、学游泳，我去做一切别人认为我不可能做到的事，每做到一件我就多了一份自信，多一份自信，我就觉得自己好像多了一份美丽，然后看着镜子里的自己说，雷庆瑶，你一定会越来越美。14 岁那年我被导演选中参演电影《隐形的翅膀》，因为角色的需要我留起了阔别多年的长发，穿上了梦寐以求的裙子，开始有人夸我漂亮，当我在大众电影百花奖颁奖典礼上拿到了最佳新人奖的时候，导演甚至还夸赞道：雷庆瑶，你让我找到了东方的维纳斯。而我觉得自己更像是只蝴蝶，终于破茧成蝶，张开翅膀在天空美丽绽放，女人一定要成为一道风景，而且要努力成为最美的那道。在我看来爱美就是爱自己，而美丽不仅仅是漂亮的外表和美好的心灵，更是敢于向不完美的人生宣战的勇气，不是老天给了你什么你就是什么样子，而是由你自己来选择你是什么样子。

这是雷庆瑶《变美的权利》的演讲。雷庆瑶曾做过上千次励志演讲，但都没有涉及对美的追求，而在《超级演说家》的舞台上，她坦言自己虽然失去了双臂，但不改她对美的向往。一般对残疾人的赞美都是在内心坚如磐石、行为自立自强的层面上，直呼因为心灵的坚强美好，残疾的外表也显得更加的可爱，这样的立意人人皆知，也人人首肯，但雷庆瑶的演讲却由表及里地深挖：有勇气向不完美宣战、不限于老天给的样子而敢于选择自己的样子才更美。无疑，雷庆瑶的演讲对美丽的立意更高一筹，令听众耳目一新，久久难忘。

由此及彼的拓展

吐格鲁克·吐尔逊的演讲《外面的世界》，讲了自己受美国电影《歌舞青春》等的影响，一心想出国留学，觉得国外读书真轻松。后来他姐姐留学到加拿大，才知道情况完全不是那样，她一个纤弱的女孩，在上大学期间居然会在一栋楼里当夜间保安挣钱。于是他说：慢慢的这些心理压力让我开始怀疑出国的决定是否真的正确，那是一个未知的世界，它不像我想象的那么完美，没有人能够保证我可以在那里学得很优秀，甚至是我自己。面对未知，我们每一个人都是恐惧的，但又恰恰是未知，让我们对未来充满好奇，每一个即将出国的人都希望用一切别人的经验来向自己证明出国是重要的是正确的。但我们却不知道有些事只有你亲自体会了才会明白，重要的不是对与不对，而是去经历、去思考。就像我来参加《超级演说家》一样，来之前我会想观众不喜欢我怎么办，导师不选择我怎么办，我要是没晋级会不会很丢脸，同学们会不会笑话我？但是现在我站在这个舞台上，我知道只要我来了、经历了、收获了，也就够了。人生就是体验的过程，很多时候你后悔的往往是那些你该做但却没有完成的事情。

吐格鲁克的演讲主要是说自己对出国留学的向往，但姐姐的先行一步又让他对留学顿生畏惧之情，让他心生怀疑。但未知又激起了他的好奇，他要亲自经历，再去思考。到此，演讲的立意也够高了，留学不在于有多完美，重要的在于自己经历了外面的世界，经历就是财富。然而，他并没有就此“住口”，却又说到这次来《超级演说家》之前的种种顾虑，最后表明人生就是体验的过程，来了、经历了、收获了，足矣！这样由此及彼的拓展开去，演讲的立意又高了一筹，听众印象自然更深了一层。

古人云：意犹帅也。立意是文章的统帅，立意高，也就是统帅的地位高。一篇演讲，统帅地位高了，还不万人敬仰？欲想演讲立意更高一筹，不妨学学上面三位选手各有一套的说法。

9年浇刺，梦想花开

▶ 文 / 胡征和

失败和挫折等待着人们，一次又一次使青春的容颜蒙上哀愁，但也使人类生活的前景增添了一份尊严，这是任何成功都无法办到的。

——梭罗

80后女孩曹臻一是位诗人，曾经以一首《大雨》而一夜串为网络红人。可谁又能想到，一双写诗的纤纤玉手后来却剁起猪肉做起了火腿。

2006年，曹臻一离开北京声色犬马的诗人圈，带着做生吃火腿的梦想，只身来到贵州棒木村。

建厂房。曹臻一在当地找来泥水匠、木工……她参与运砖。棒木村多数是泥路，运砖的车经常陷在泥里，曹臻一被整得像个土拨鼠。6000平米的厂房建成后，只有她一人守着，山村经常停电，多少个夜晚，她都是枕着月光孤独入梦。男朋友嫌偏僻，根本没来过。

学手艺。生吃火腿的工艺代表制肉工艺中的最高段位，有了厂房后，曹臻一就开始了陌生而艰难的手艺学习与摸索。她梳理了东西方火腿的工艺，各个火腿流派的技术差异和成因。并动手做、存放、观察、记录。直到2009年，曹臻一有了一套自己制作生吃火腿的工艺知识系统。

选猪肉。做火腿对猪肉要求高，曹臻一的猪肉一部分来自她深度管理的农民专业合作社，另一部分是她自己养的示范猪。她喂猪会小心翼翼地掌控着温度，温度低了猪会感冒，感冒打针猪肉内就会有抗生素，这样猪肉就过不了关。

做火腿。做出一条好的火腿需要4年以上的时间，因为养猪需要16个月左右，风干需要3年左右。时间到了，用马骨刺进肉中抽出来后，才知道火腿到底做成功没有。火腿成形后，曹臻一给它们贴上了自己的品牌“太给”，寓意向社会输出自己的价值。食客纷纷评价，这款火腿的味道不亚于生吃火腿原产地西班牙的味道。“太给”得到了一大批用户的认可，因此在饮食界有了名气。

忙销售。有了名气，并经权威检测，“太给”不含亚硝酸盐，曹臻一线下线上并举推销，形势大好。单说线上销售至今，在淘宝上销量已经达到了两个皇冠，各大电商，知名餐厅也邀请“太给”火腿入驻。

父母本想着女儿能成为一名光鲜亮丽的诗人，可曹臻一硬是逆水背纤。9年走过，艰辛自知，一路汗水浇灌一路荆棘，梦想开花了，她也笑靥如花。不过，她并没有放弃写诗，她说，诗正是她花香的自然释放。

挫折就是他的文字

文／徐晓欢

“以准备失败的心情去迎接胜利”，这是一个人面临得失的时候所必须有的一种态度。假如只准备成功而不准备失败，当失败时就会来不及了。

——罗兰

方文山，歌手周杰伦的御用作词人。他的作词风格是擅长拆解语言使用的惯性，纺织出新的文字精华，把流行音乐从靡靡之音带到了古典与历史、怀旧和真挚相融的音乐中，其创作的歌词有画面感和东方风。他是华语乐坛音乐文学的“创作鬼才”，曾连续八届入围台湾金曲奖，并两次获得最佳作词人。

如此一个把文字玩得非凡的作词人，也并不是“天生我材”，而是走过一道山趟过几条溪水后，才发现，他喜欢的也能够做好的事还是写歌词，用文字说故事。

方文山原是台北市近郊一位不得志的青年。小时不爱学习，成绩不出色，读中学的时候，为减轻家里的经济压力，他经常混迹在工地上，捡铁丝、电线、饮料瓶卖钱，到商家帮忙发传单挣外快。

他学历不高，只是一个高职生，毕业后，为了圆梦而在台北市苦苦打拼。工作七八年来，他做过防盗器材的推销员，帮别人送过外卖，当过送货员、送报员、物流员，在电子厂打过工，干过工地上的钻孔师傅等。就在不断地更换工作之余，他会常常自我反省，以后究竟选择什么样的生活？后来他发现自己的兴趣是电影，他就通过学习考取了编导证。有证在手，并不就是前程无忧。

由于当时台湾的电影市场规模还比较小，没有太多的机会可以留给他发展。他就又在想，既然如此，那除了影像创作，还有什么是可以做的呢？后来他就想到了文字创作。因为电影影像创作跟文字创作类似，都是在说故事，差别就在于，一个是你在用影像说故事，另一个是你在用文字说故事。而对于方文山来说，从读书到工作，十几年的时间里，不缺的就是故事。既然电影市场不景气难以发展，他就果断地选择了单用文字说故事。

于是，他就开始把玩文字，拼命的创作歌词，为给自己制造更多的机会，他把自己的作品分寄到各个大小唱片公司和音乐人手中，每次都要寄出上百份，但一直都是石沉大海。直到1997年7月7日的凌晨，他接到台湾名嘴吴宗宪的电话，才正式加入到吴宗宪的音乐工作室。周杰伦与他同时加入。从此，方文山专门与周杰伦搭档，词作一发不可收拾，《东风破》《七里香》《爱在西元前》《菊花台》《青花瓷》……人见人爱，花见花开。

听着周杰伦唱的这些歌，有人说，这样的歌词自己是无论如何也写不出来的，更不可能会想到，但听着就是过瘾，就是美得醉人，古典的美、现代的美、迷离恍惚的美、一目了然的美……横听竖听全都是美。所以，结论是，方文山是作词人中的天才。

方文山听了可不这样认为。他说他的人生其实是很不顺的，历经近十年的挫折人生，直到 28 岁才进入乐坛，倘使是作词天才，不早就进入了音乐的圣殿，还会等到临近而立之年吗？不过，他说他感谢的也是那些挫折，正是以前吃的苦多，人生经历才丰富，现在才是一个有故事可以说的人；正是因为自己曾经历过底层的工作，才造就了今天他不怕挫折和顽强拼搏的个性。而那些苦，那些底层工作的经历，就是他的文字。

原来，美得醉人的文字精品，也是在挫折中孕育出来的。

心有猛虎，细嗅蔷薇

▶ 文 / 徐晓欢

好事尽从难中得，少年勿向易中求。

——李成用

女孩叫胡蝶，名字诗意、美丽、飘柔，可她的职业“暴力”、“血腥”——她是一位职业拳手。小巧玲珑的她，曾在拳击赛场一记勾拳将体重超出自己 30 多公斤的壮汉掀翻。

胡蝶出生在湖南株洲，今年 23 岁。母亲是位小学教师，父亲热爱拳击，一直从事拳击的推广。生活在这样文武双全的家庭，胡蝶也是能文能武。在学校，她文化课成绩很好，但也老爱惹麻烦，因为打小总跟着爸爸“征战”拳击场，一副拳头颇有几分“霸气”，班上的女生遭男生欺负后就找她帮忙。她呢，找到那些男生，二话不说，就抡起“仗义”的拳头，打得那些小男孩鸡飞狗跳、鬼哭狼嚎的。为此，作为班主任的妈妈屡屡向她举起“小竹条”，也不知费了多少口舌向男孩们的家长赔不是。

胡蝶自小身材瘦小，却爱泡在父亲开的拳击馆里混。父亲抱着培养女儿的兴趣、让女儿强身健体的目的，学习之余，就任着女儿跟着他所带的弟子们比试拳头，但从没想过让女儿走上职业拳击手之路。可让父亲没想到的是，小小年纪的胡蝶竟把练拳流汗当成了一种享受，一有空就跑到拳击馆练习，缠着男拳手们一起练力量、速度和技巧。

开明的父亲见此情形，也就顺水推舟，还教导女儿要多吃，想吃啥就吃啥，以保证身体有足够的能量，并开始有意识地指导女儿训练，每天举几十公斤的杠铃，增加臂力；深夜 11 点从山中的坟地边搬回一块特别的石头，锻炼胆量；水库大坝一百六十多节的台阶，一跑就是六趟，增加腿部力量；重达十几公斤的沙袋压在肚子上，练抗打练腹肌；狂击沙袋，练拳头的力量，直、摆、勾一招一式……训练非常辛苦，甚至是残酷的，偶尔，胡蝶也会禁不住落泪，但她就是不言放弃。在经过一系列超乎常人的训练后，胡蝶练就了一身扎实的基本功和超乎常人的胆量。

2010 年 10 月 8 日，株洲民间拳王上演了一场女子职业拳击手的精彩对决：胡蝶以一个业余选手的身份迎战怀化体院专业选手，打满 6 个回合，胡蝶竟然战胜对手，并获得 2010 年民间拳王 55 公斤级别的冠军。一次偶然的机会，胡蝶被湖南省女子拳击队教练看中，进入省队集训一年，两次参加全国女子锦标赛。

2010 年对于胡蝶来说还是较为纠结的，一直学习不错的她已进入高三，即将参加高考。可就在这当口儿，父亲得知女子拳击将首次进入 2012 年奥运会的消息，他想让女儿休学备战，可母亲想让女儿遵循传统参加高考。在拳台和大学两端，开明民主的父母最后把决定权交给了胡蝶。不过父亲还是给了女儿一个参考意见，他说女子拳击在中国起步晚，而你比别人接触拳击都早，很有优势，可以冲击奥运。经过一番比较权衡，胡蝶站到了拳击一端，她想尊重兴趣、开心也是一所好大学。但因胡蝶习惯职业拳击打法，注重对攻和击倒，而奥运拳击则以点数为目的，所以她在锦标赛中未取得理想成绩，也就未能如愿奥运。但是，中国奥运女子拳击队教练仍表示看好胡蝶。一年后，胡蝶离开省队，保持注册拳手资格，可代表湖南参赛。

胡蝶踏上了职业拳击之路。2012 年，WBO 洲际拳王金腰带资格赛上，一场鏖战，胡蝶最终战胜了身为印度女子拳击冠军的对手。2013 年，记录胡蝶拳击零星生活的短片《胡蝶梦》在第 31 届米兰国际体育电影电视节短片竞赛单元获得金奖。2014 年 12 月，WBO 洲际拳王争霸赛株洲站比赛中，胡蝶打败了泰国籍曾获得东南亚女子泰拳冠军的女拳手，再次证明了自己的职业成绩。2015 年 9 月，IBF 中国职业拳击联赛北京之行，胡蝶遇到了新的问题，对手跑得快，不跟她打，她觉得特憋屈，下决心回家后要专门针对“跑得快的选手”训练。

女大当嫁。23 岁的胡蝶也曾招来几个男孩的追求，但一看她那抡拳如虎的气势，最后都是选择了退却。对此，妈妈常对着爸爸唠叨，怨爸爸一定会把女儿害成一个剩女。可胡蝶却满不在乎，傻傻地调侃说，总会有人瞎了眼看上她。她说自己其实也挺文艺的，除了练拳击，还爱画漫画、喜欢听歌、喜欢打架子鼓，她把这一面形容为“心有猛虎，细嗅蔷薇”。胡蝶甚至想留着长发、烫一个大波浪，只是有碍拳击，不得不扎一个马尾。说到将来，胡蝶说她会打“持久战”，打到三四十岁，然后像爸爸一样，在家乡开个拳击馆，让爱好拳击的人有个显身手的开心处。

心中有大树，杂草无处生

文 / 徐晓欢

表示惊讶，只需一分钟；要做出惊人的事业，却要许多年。

——佚名

著名电影演员刘劲是扮演周总理的特型演员，到目前为止，他已经在影视剧中饰演了40余次周总理，对于一个特型演员来说，这是成功，是一个值得骄傲的数字。可有人不这样想，颇为惋惜地对刘劲说，成为一个扮演领袖人物的特型演员，看似引人注目，其实对任何一个专业演员来说都是一种损失，因为被定型了，扮演其他角色的机会就少了，甚至是没有了，戏路太窄，一辈子只能演一个人，做一件事。

刘劲笑笑——周总理和蔼平静的标志性微笑，说，这个问题一开始我也有些烦恼，但是演着演着，便有了一种意外收获。当你扮演一位万人景仰的伟人时，你会感到来自那个人物自身的光芒把你照耀得很亮很亮！

像周总理这样的伟人，你能够有机会每天去研读他、走近他，看他的资料、背他的台词、与他的心灵对话，你的精神世界也会在潜移默化中向他靠拢。所以，每次扮演周总理对我来说都是精神上的一次提升、一次净化。如此以来，我心里就没有了一点烦恼与纠结，因为，在我心中已经有了一棵大树，这棵大树就是周恩来总理。由于心中有了大树，杂草便无处丛生。

刘劲心中有了一棵大树，所以，就没有了所谓的“损失”的杂草，大树便腾腾地往高拔，直至开出美丽的花——把周总理演得形神毕肖，栩栩如生，以致许多观众都把他当周总理一样爱戴。

第二辑

Chapter Two

唯美阅读

Weimei Yuedu

“读出来”的古巴雪茄

▶ 文／胡青阳

> **要热爱书，它会使你的生活轻松：它会友爱地来帮助你了解纷繁复杂的思想情感和事件：它会教导你尊重别人和你自己：它以热爱世界热爱人类的情感来鼓舞智慧和心灵。**
>
> ——高尔基

提起古巴，就不得不提起雪茄。古巴雪茄一直以它上乘的质量，为古巴国内外喜爱雪茄的人们所称道。一支上好的古巴雪茄可以卖到人民币将近300元，这还不算是有年份的珍藏品。正因为如此，古巴的雪茄也成为了古巴最重要的经济产品，是烟草界的奢侈品。

然而，令人不可思议的是，在机械化、现代化程度如此发达的今天，古巴雪茄仍是一手一脚的人工制作。

不过，还有不可思议的是，在古巴的每一家雪茄作坊里，都有一名不从事卷烟工作的朗读者。以首都哈瓦那的一家雪茄卷烟作坊为例。一进门便是54岁的朗读者哈辛托的工位。这个工位就是一把椅子、一张桌子，桌子上支着一只话筒，戴着眼镜的哈辛托正聚精会神地朗读着。朗读者和卷烟工不一样，现在要胜任这个职位，至少要求大学本科的学历，有较强的文字处理能力，还要声音洪亮，应聘的人太年轻也不行，还需要有一定的社会阅历。

据哈辛托介绍，古巴雪茄工厂里的朗读者由来已久。1865年，雪茄工人出身的诗人萨图尼诺·马丁诺斯受监狱里为教化罪犯而组织朗读活动的启发，在费加罗雪茄工厂组织了首次朗读，从识字的雪茄工人中选出一位声音较好的工人代表朗读报纸上的文章，超过300个工人聆听了这次朗读。由于那时的雪茄工人85%都是文盲，当听到报上的一些有趣故事或者新闻后，令他们十分欣喜，给他们打开了一扇通向外面世界的精神之窗，在某种程度上也激发了他们的工作热情。因此，作坊主也就默许了朗读者走进雪茄作坊。渐渐地，朗读者成为了一门职业。不过，当初朗读者的报酬是由雪茄工人支付的。直到1959年，卡斯特罗执政后，朗读者才成为工厂的雇员，拥有了固定的工作时间和固定的工资。在没有麦克风和扬声器之前，朗读者的工位就设在卷烟工们的中间位置，他坐在一条高脚凳子上，手里捧着书或报朗读，这样，整个工厂的工人都能听到他的声音。

朗读者的朗读内容多种多样，从一开始的读报，到后来的读经典名著——说到读名著，有趣的是，不少著名的古巴雪茄品牌都是从雪茄工人们喜爱的名著中主人公来命名的，如国际著名的雪茄品牌蒙特克里斯托(Monte Cristos)是以大仲马著作中的基督山伯爵命名的，而罗密欧与朱丽叶（Romeo y Julieta）则取名自莎翁的同名经典，时至今日，朗读的内容已更加丰富，当日新闻、健康贴士、轶闻趣事和世界大事记，甚至是工人们对近期的服务安排提出的要求等也被加入了朗读目录。现在的雪茄虽然仍是手工制作，但再也不是当初那种两耳不闻窗外事，一心只卷雪茄烟的与世隔绝状态了。

有人曾发出疑问，朗读不会干扰工作吗？但根据古巴烟草业人士的权威调查，在没有机械噪音的安静环境中工作，工人们的劳动效率并不高，但伴着朗读者娓娓道来的故事，效率反而至少提高 3 成。随着 19 世纪末 20 世纪初收音机和广播节目的出现，朗读者们非但没有失业，反而他们的工作受到了更多的重视。2009 年，古巴政府已向联合国教科文组织提出申请，将雪茄工厂里的朗读者作为非物质文化遗产。目前，古巴全国的雪茄作坊里还有约 2000 多名朗读者。

在古巴人看来，古巴雪茄之所以能成为世界雪茄中的顶级消费品，不只是像一些人所说的因为岛国古巴所产雪茄烟叶的质量好或是手工卷制的精细保留了雪茄某种独特的风味，而且与朗读者洪亮温暖的声音所起到的抚慰人心、聚人心智、激发动力的精神妙用是分不开的，与其说古巴的雪茄是手工卷制的，不如说古巴的雪茄是朗读者“读出来”的。

杨璐菡：让人长上“猪脑子”

文／胡青阳

天下绝无不热烈勇敢地追求成功，而能取得成功的人。

——拿破仑

“你是猪脑子！”

“你才猪脑子呢！”

这是两个人在对骂，你侮辱我，我也不甘落后。

可是你知道吗？不久，人真的会有“猪脑子”，而且这是科学上有重大意义的突破。突破者是一位年仅 29 岁的中国姑娘杨璐菡，目前在哈佛大学攻读博士后。

杨璐菡出生于四川，2001 年以峨眉山市中考第一名的成绩考入成都七中。2004 年，还是成都七中学生的杨璐菡代表中国参加在澳大利亚举行的第十五届国际中学生生物学奥林匹克竞赛获得金牌，随后被北京大学生命科学学院点招。人们在惊讶点赞之余，皆用“学霸”一言以蔽之。可杨璐菡并不接受“学霸”的美名，她以摘得金牌说事，说那也是她拼出来的。当时因为要参加竞赛，她必须在很短的时间内读懂 10 多本大学课程书籍。这对于一个高二学生来说，谈何容易？杨璐菡回忆说，受到老师的鼓励，自己抱着“一定可以学懂”的信念，去四川大学听课，课后自己做习题。一开始像听天书一样，慢慢地有点儿开窍，能够理解和应用。虽然走了很多弯路，但是最后她一个高中生，学会了大学最难的生物化学知识。

进入北大读书之后，杨璐菡发现，生物化学这门课，是一科连北大的同学都感到吃力的课程。2008 年在北大生命科学学院获得生命科学和心理学双学位后，杨璐菡前往哈佛大学攻读硕士和博士学位，专业是转化医学，选择了异种基因移植的课题。这是一个许多人望而却步的课题，杨璐菡之所以敢于选择，倒不是初生牛犊不怕虎，而是当初的竞赛经历让她有了敢为人先的勇气和信心，让她有机会培养自己自学的方法和定力。她说别人不做的事情，不是办不到，只是不常规而已。杨璐菡自信并敢于“不常规”的做法，使得她在哈佛攻读博士生期间，大胆探索 CRISPR-Cas9“基因剪刀”技术，曾以并列第一作者在《科学》杂志上发表了 CRISPR-Cas9 技术在细胞内修改基因组的工作。正是这个工作的诞生，让她与团队可以高效大规模编辑猪的基因组，解决免疫排斥和病毒传染的问题。

自 2014 年起，作为异种器官移植课题带头人，杨璐菡带领 10 个人的科研团队利用 CRISPR-Cas9“基因剪刀”技术，进行剪除猪基因组中可能的致病基因的研究，这是一项非常艰巨的任务。在她的工作之前，大多数的基因改造都是一个基因层面上的修改，而在她的团队要修改的猪细胞里，一个细胞有 62 个拷贝的病毒。所以面临的科学难题是要在单个细胞里改造 62 个基因，并且保持基因组的完整，这需要超过现在水平几乎两个数量级的效率提升。最后，杨璐菡的团队做了一个长期可调控的系统，实现了病毒剪除。当团队将改造后的猪细胞和人的细胞一起培养时，发现猪病毒“侵染率至少下降到了以前的 1/1000”，最后“在监测灵敏度范围内检测不到任何侵染”。这就意味着猪的器官可以移植到人的身上而不受病毒侵害了。

将猪的器官移到人的身上意义何在？且看：据统计，世界上有 200 万病人缺失器官供体，实际人数或许远远大于这个数字；特别是在亚洲没有器官捐献传统，器官供体缺失是一个很大的社会问题和医疗问题。

这是一项与人类生死相关的科学研究。杨璐菡在哈佛大学从事博士后研究工作时，与自己的导师创立了一家叫 eGenesis 的生物技术公司，致力于推动异种器官移植临床应用。异种器官移植的一大难点就是“病毒基因”也被称为内源性逆转录病毒的剪除。猪器官大小和人类器官类似，功能相近。但在十几年前，由于猪器官的内源性逆转录病毒被发现，猪器官移植的研究陷入停滞。

这种病毒在猪身上不会产生毒性，但是当猪的细胞和人的细胞接触时，这种病毒会从猪的基因组“跳”到人的基因组中，为人类带来意想不到的疾病。而杨璐菡仍然选择了这项看似毫无进展的课题研究，当被问及选择这项研究是否担心毫无收获时，杨璐菡义无反顾地说：“科学家最本质的职责就是探索真理，推动社会科学进步。”

2014 年，杨璐菡被美国《福布斯》杂志评为该年度 30 个 30 岁以下的科学医疗领域领军人物之一。今天，人会有“猪脑子”的愿景，让她年轻的名字又一次上据了世界众多媒体。

会当击水三千里

▶ 文 / 胡青阳

> **勇敢征服一切：它甚至能给血肉之躯增添力量。**
>
> ——奥维德

2006 年 9 月 23 日晚，上海国际田径黄金大奖赛让中国人格外瞩目，因为那个风一样的小伙子刘翔将在家乡父老面前冲刺 110 米栏的冠军，他的最有力的对手仍是世界田坛常青树美国的阿兰·约翰逊。

比赛开始，刘翔起跑不止是一般，甚至是有些糟糕，因为他的起跑反应时间是 0.201 秒，仅排在第 6 位。与刘翔不同的是，老将约翰逊的起跑反应时间是 0.162 秒，排在第 2 位，形势明显占优，并且他把这种优势一直保持在自己箭一样的脚下。

此刻，观众席凝固了，大家屏息愕然，难道一周前雅典的伤心一幕又要重演（9 月 17 日，在雅典举行的第 10 届国际田径世界杯上，刘翔的起跑反应时间是 0.185，落后于约翰逊的 0.164，结果后者获得冠军，前者屈居亚军）？怎么了，刘翔还有戏吗？肯定没有了，肯定要在家乡父老面前丢脸了，你看，已经是第 10 个栏了，刘翔还没赶上对手。跨过最后一道栏，终点在即，就在这千钧一发之际，刘翔发威了，他把后程速度快的优势发挥到了极至，最终以 0.02 秒的显眼优势反超约翰逊，上演了一场田径赛上惊心动魄的悬念戏。赛场猛然间沸腾了，家乡父老疯狂了，山呼海啸："刘翔，冠军！冠军，刘翔！"

赛后，记者们兴奋地跟着刘翔，围追堵截。当有记者问刘翔会想到自己在家乡拿冠军吗？刘翔只是灿烂相迎："我相信自己会拿到！"有记者问他万一不能反超约翰逊会怎么想。刘翔依旧是笑："我相信自己能拿到！"

不一样的提问，却是同样的回答，这并非胜利后的狂妄、敷衍，这是真正的实力，这是铁一样的自信。不信，请再看一周后（9 月 28 日）的韩国大邱，国际田径明星赛上，刘翔又一次惊人地复制了上海站大逆转的好戏，在约翰逊领先 10 个栏，最后只剩下十余米时，刘翔再次后程发力，以又一个 0.02 秒的优势抱取金砖。

是的，刘翔的实力不可否认，但更不可否认的是他的自信。是自信，那种"自信人生二百年"的大自信，让他不怕起跑的劣势，也不怕奋飞过程中的一直落后，以"会当击水三千里"的大气与稳健，飞翔、飞翔，义无反顾，勇往直前，终于，劣势升华为优势。

流年书简

▶ 文 / 许子

我希望有个如你一般的人如这山间清晨一般明亮清爽的人，如奔赴古城道路上阳光一般的人温暖而不炙热，覆盖我所有肌肤由起点到夜晚，由山野到书房一切问题的答案都很简单我希望有个如你一般的人，贯彻未来，数遍生命的公路牌。

——张嘉佳

一、细雪

这个冬天，天空一直飘着细雪。我的寒江一片晶莹，地上常落着一层淡淡的薄雪。江畔的梅花开了，红梅映雪，暗香浮动。

落雪之夜，读诗人的诗句：如果明天雪漫江城，那就是我写给你的情书。

云中锦书，水中鱼笺，这些典雅的字眼，这些优美而娴静的词语，都是用来特指书信的。自古文人写给爱人的书信，有多少种？那些美丽如天鹅羽毛般的文字，那些纯洁如白雪般的诗句，飘荡在时空与梦想之间，飘荡在天空和大地之间，飘荡在理想和现实之间。

我一直认为，从没有写过情意绵绵的书信的一对恋人，他们的爱情是苍白而可怜的。从来没有收到过唇齿留香的情书的女子，她的爱情，就像是屋顶上的袅袅炊烟。有的，只是现实生活的烟火气和踏实的温暖。

但是，世间有哪个女子，不想要徐志摩写给小曼的《爱眉小札》中的情话："龙，我的至爱，将来你永诀尘俗的俄顷，不能没有我在你身旁，你最后的呼吸一定得明白报告这世间，你的心是谁的，你的爱是谁的，你的灵魂是谁的。"志摩和小曼的爱情是才子佳人的爱情，有怜爱，有呵护之爱、兄妹之爱、忘我之爱、献身之爱、狂热之爱、君子之爱。诗人徐志摩的一生，是以爱情为事业的一生。他说："我将于茫茫人海中寻找我人生之伴侣，得之，我幸。不得，我命"。可是，徐志摩去世的那一年，小曼仅二十九岁。烟花一样绚丽的女子，在他远去的那一刻也随之燃尽了韶华。小曼从此没有再嫁。她每天必在志摩的灵前敬献一束鲜花，整整三十年。

从别后，忆相逢，几番魂梦与君同。

后来陆小曼倾尽一生积蓄，出版了志摩的全集。那个时代，志摩并不是红色诗人，愿意帮他的朋友，并不多。唯有她一人，忍住所有的孤寂和哀愁，为他做了这件事情，她唯有以此寄托深深的相思。

这样懂得爱情真谛的男人，如曹雪芹、纳兰性德、晏几道和徐志摩……这样情深义重的女子如陆小曼、石评梅、宋清如、许广平……

在鲁迅和许广平的《两地书》中，鲁迅亲密的称许广平"小刺猬"，许广平则称先生"小白象"。我喜欢先生写给许广平的信："这两个星期以来，我一点不颓唐，但此刻遥想着小刺猬之采办布巾之类，欲为小白象经营，实在乖得可怜，这种性质，真是怎么好呢。我应该快到上海，去管住她。”

无情未必真豪杰。在先生犀利似剑的外表下，也掩藏着柔情如水的一颗心。先生有她相伴，再苦寒的冬天也有着梅花的欢颜。

爱着，就是踏雪赏梅，围炉夜话。爱着，就是江畔听涛，品茗吟诗。爱着，就是执手相看两不厌。爱着，就是一对灵魂默默的相知相许。爱着，就是身边飘着雪花般的云中锦书，细细读来，字字缠绵，唇齿留香。

那些才情和深情凝结的诗句，那些泪水和欢笑凝结的词句，让他们在盈盈暗香中沉醉。

二、流年

乐府诗歌是东汉、西汉时期在民间流传的。

它最有魅力的，就是对于爱情炙热、率真的表达。其中《上邪》中情人对于爱情的誓言：“我欲与君相知，长命无绝衰。山无陵，江水为竭，冬雷震震，夏雨雪，天地合，乃敢与君绝！”对于爱情的宣言，是如此勇敢坚决。爱，就要爱到山无陵，天地合。这样的表白是没有理性的，但是真正的爱情从来都是狂热而勇敢的，没有算计和理智的，不是吗？

晏几道的小山词有写给爱人的诗句：“多应不信人肠断，几夜夜寒谁共暖。欲将恩爱结来生，又恐来生缘又短。”苦苦相爱的人们，是何等的贪心和痴情？今生不能长相守，唯有长相思。今生不能长相聚，只待来生再续前缘。这样痴心痴情相爱过的人，是无悔的，更是不枉此生的。

爱情的魔力，可以穿越地域，穿越年龄，穿越时空，甚至穿越生死。

法国作家杜拉斯写道：我已经老了，有一天，在一处公共场所的大厅里，有一个男人向我走来。他主动介绍自己，他对我说："我认识你，永远记得你。那时候，你还很年轻，人人都说你美。现在，我是特地来告诉你，对于我来说，我觉得现在的你比年轻时候更美，那时你是年轻的女人，与你那时的面貌相比，我更爱你现在备受摧残的面容。"

这是杜拉斯在她七十岁时创作的小说《情人》开篇中的一段话。这段话，是由她口述，在雅恩·安德烈的打字机下如泉水一样涌现的。这段话，又仿佛是二十八岁的雅恩·安德烈说给年迈的杜拉斯的。

爱她，爱她哀戚的脸上岁月的留痕。爱她，爱她苍老的脸上痛苦的皱纹。

二十二岁的雅恩·安德烈是一名大学生，他作为杜拉斯的忠实读者，不停地给她写信，那一大箱的书信像是来自沙漠的呼喊。直到五年后的一天，暮年的杜拉斯终于给他回信了，这仿佛是回应了前世的召唤。

蒙塔来的诗歌写道：你穿越万里长空，我为你拭去额上的冰霜。

于是，安德烈来了，取代了书信，安德烈来到孤独苍老的杜拉斯身边。陪伴她了十六年，直到她生命的尽头。

而爱情，不是一件简单的事件，更不是一个盟约。爱情是扑向幸福方向的勇气和执著，爱情是人类精神世界最温暖的回望。他说，你在哪里，哪里就是我的家园和故乡。

落花翩翩，那是风儿写给春天的情书。群星坠落，那是天际写给湖水的情书。细雪飘飘，那是天空写给大地的情书。

对于每个人来说，总有一个人，永远是你一生的挚爱。

拥抱缺憾，让心起航

▶ 文 / 纳兰泽芸

> **当你跌到谷底时，那正表示，你只能往上，不能往下！**
>
> ——佚名

2010年12月12日晚，亚残运会开幕式在广州举行。也许，这次的开幕式与11月12日的亚运会开幕式相比，受关注的程度有所降低。

而我，却格外关注，早早在电视机前守候。因为我相信，那里面一定会有一种东西打动我。当我看到每位残疾运动员脸上那明媚的笑容时，当我看到来自亚洲各国300多名残疾人的母亲为运动健儿们送上鲜花和祝福，并告诉他们："孩子，你是我的骄傲"时，我明白了，这种打动我的东西就是顽强、生命与不屈。

还记得2008年奥运会时，无臂"蛙王"何军权用脖子夹住鲜花，用灿烂的微笑向观众致意，观众报以热烈的掌声，我知道，还是有许多人与我一样，心怀尊敬和钦佩。他的一句话我牢牢地记住了，他说："这么多年来，我经历了很多，我想，不管遇到什么事情，一定要开心，只要自己保持微笑，就会用微笑感染其他人，感动世界。”

5 岁时被变压器电击，侥幸逃脱了死神魔爪，付出的代价则是失去了双臂。没有了双臂，常人无法想象这该如何生活下去，可是何军权没有向命运哭泣，他勇敢直面惨淡的人生，以坚强的毅力学会了用双脚穿衣、吃饭，几乎所有的日常事情都能用脚完成，甚至能用脚发短信、用电脑。

没有双臂，似乎难以想象怎么能够游泳，可是，就是没有双臂的他，在雅典残奥会上，夺得 4 枚金牌，打破 3 项世界纪录。记录数字似乎是容易的浅显的，可是这数字后面付出的艰辛，却只有他自己懂得。因为没有双臂，在游泳完成最后冲刺，触摸池壁电子计时屏时，他只能用脑袋撞击。他说，常常这样往上一撞，就感觉脑袋轰的一声，但他忍过来了。

他曾说，没有双手，可是我的脚和大脑是健全的，面对任何困难我都挺过来了。

残奥会上，一个只有 1.34 米的矮小身影却牢固地占据着我的视野，她就是被人亲切地称为“女菲尔普斯”的美国游泳运动员艾琳·波波维奇。艾琳让我又一次感受到：生命，即使是残缺的，也是如此的美丽。

在 2008 年北京残奥会中，艾琳堪称水立方中的英雄，包揽 6 金是她的目标。可是，取得这样骄人成绩的艾琳，却患有先天性软骨发育不全，这是一种无法根治的遗传病。

艾琳今年 23 岁，在她生命的前 16 年里，为了最大程度地矫正身体的畸形，她经历了大大小小 12 次手术。但是她没有放弃人生，11 岁时她的游泳天赋被发现后，她苦练游泳，2000 年悉尼残奥会，15 岁的她第一次参加残奥会就夺得三枚金牌。

因为艾琳小腿严重畸形，走路时两腿相互摩擦，这让她很痛苦。

2001年，艾琳听医生说有一种方法可以改善她的腿部畸形，而且还能让她长高一英寸，不过手术很痛苦，要把两条小腿的胫骨敲断，加上人工的楔子，这要有超凡的毅力。艾琳没有犹豫地接受了这个手术。因为经常做矫正手术，手术后不得不用大夹板紧紧夹住身体，全身搽上爽身粉，绑在椅子上。

即使这样，身体稍一恢复，她就投入刻苦的训练之中，2004年雅典残奥会上，艾琳一人夺得了7枚金牌，一举震惊世界！2005年，艾琳当选为美国最伟大的运动员，国际泳联授予她最佳女运动员称号，在此之前，这一殊荣的获得者全部是健全运动员。

对于这些殊荣，艾琳却以平常心对待，她说，我并不把自己当成是专业运动员，我把自己当成一名普通的大学生。她并没有以金牌做为捷径进入大学，而是同普通高中生一样参加联考，以优异成绩考入科罗拉多大学，攻读健康与人体专业。

即使经历无数身体和手术上的痛苦，这个可爱的"蓝色公主"，总是面带着甜甜的微笑，她喜欢化妆，离不开睫毛膏，是个爱美的女孩子。

当何军权和艾琳，以及那些用假肢奔跑的马拉松选手、转动着轮椅在场上拼搏的轮椅篮球员、完全靠听觉和触觉在场上奔跑的盲人门球手……在被授予金牌的瞬间，我们仿佛听到那首亚残会会歌在耳边响起："迎来一片朗朗的阳光，让你我的心今天起航……"。

拥抱缺憾，让心起航。

谁是你生命中的贵人

▶ 文/庐江布衣

命运总是光临在那些有准备的人身上。

——佚名

那一年，我还小吧，十三四岁的样子。村里来了一位卜卦的瞎子，母亲为我卜了一卦。瞎子说我少年多磨，母亲听了，一脸的紧张。好在瞎子接着又说，不过也不要紧，关键时候会有贵人相助的。

在我清澈而懵懂的眼神中，从此有了一份默默的期盼，我等待着一位身着五彩华衣的贵人从天而将，给我带来幸福安康的生活。

然而，这位贵人一直没来。倒是“少年多磨”让瞎子说中了。父亲突然得了重病，我只好中断学业，来到了一个南方的小城。在一家装饰公司，做一名清洁工。公司很大，楼上楼下几十间屋子，随时都要保持清洁，工作量很大。一同做清洁的，还有一位六十多岁的老阿婆。阿婆很老了，因为有个儿子在一个遥远的城市读大学，这才不得不出来打工。累极了的时候，阿婆就不住用手捶着自己的腰部。

看到阿婆这么劳累，我真不忍心。为了照顾她，我每天提前两小时来到公司，迅速地打扫好卫生。等到阿婆来的时候，我已经做完了全部的工作。阿婆感激地朝我笑笑，然后就拿着抹布一张一张地去擦桌子了。私下里，阿婆跟我说了许多感谢的话，我安慰她说，我年轻，又是庄稼人出身，做这点活，小菜一碟而已，我边说边挺起胸膛扬扬胳膊。阿婆便慈眉善目地笑了：真是个好孩子。

就这样过了两年多，我早已长成一个壮实的大小伙子，再做清洁工不合适了。我便下工地成了一名装饰工人。没多久，阿婆也回家了，听说她儿子毕业了。

工地上，虽然赚钱多点，却比清洁工累得多。常常一天下来，回到工棚往床上一倒，连吃晚饭都不想起来，浑身就像散了架子似的。吃得也很差，几乎不见油腥，才一个多月，我就瘦了一圈。我咬牙坚持着，幻想着有一天，能在这个城市，拥有一块立足之地。

半年后，我生命中的贵人终于降临了。

他姓魏，是公司新来的副总经理，三十岁不到的样子，听说还是MBA毕业的。他找到了我，说有一个小工程想包给我干，让我去组织几十名工人。打工的谁不想当包工头，可惜我哪来的启动资金呢？魏经理拍着我肩膀温暖地微笑：“好好干！资金问题你不用担心，我让财务室预支给你。”

就这样，我成了一名包工头，为了报答魏经理，我严格按照相关规定施工，工程质量完成得很好。一年下来，我的施工队，成了公司里最优秀的施工队。魏经理更加照顾我了，一有工程就发包给我。才两三年的时间，我就在这个寸土寸金的南方城市买下了自己的住房。

我非常感激魏经理，一次酒席上，我动情地举着杯敬魏经理：“你就是我的贵人，是你改变了我的命运。”

“改变你命运的其实是你自己，要不是你的工程质量过关，我也不敢把工程包给你啊。”他紧握着我的手，眼睛里闪着清澈的亮光，“另外，我还要告诉你一个秘密。还记得那位搞卫生的阿婆吗？我就是她那个在远方读大学的儿子。她一直叮嘱我，要是有机会，一定要好好报答你。”

那一刹那间，我深深震撼了，原来万事皆有因果，根本没有无缘无故的贵人。我一时无心之举，竟然成就了我的人生。

职场上，生活中，不会有从天而降的贵人，但是只要心存善念广行善举，我们自己便是自己的职场贵人！

找个合适的位置

▶ 文/庐江布衣

命运并不存在于一小时的决定中，而是建筑在长时间的努力、考验和默默无闻的工作基础上。

——罗曼·罗兰

这个世界上，有一些人，他们具有贝壳一样的智慧，总能把受过的伤凝成珍珠。

1998年，十二岁的罗伯特·帕丁森成了一名模特。当时，他的个子已经很高，并且有一张俊美得像女孩子的面庞。当时的英国，中性是很酷的，中性美是极为流行的。所以，找他签约的模特公司特别多，他迅速在英国蹿红。

几乎没费力气，他就站到了成功的巅峰。无数的鲜花与掌声，闪花了他年少纯净的眼睛。

然而，四年后，忽然所有公司都不再和他签约了。因为，整整四年过去了，他已经长成了一位帅气而阳刚的小伙子。中性美，他再也不具备了。他陷入了深深的失落之中，他实在想不通，阳刚俊美的面庞居然成了事业的绊脚石！

他彻底失业了。寂寞的时候，他就坐在屋后的小山上，蓝天白云下，眉宇间是深深的忧伤。父亲放下了生意，赶回来安慰他。看着慈祥宽厚的父亲，他终于无助地落下了泪水："难道长得阳光帅气也是罪过吗？"

"不，宝贝，阳刚帅气是你的优点，这也是我和你妈妈最大的骄傲。"父亲目光沉静，语调舒缓，"但是孩子你要记住，就算是优点，如果放在了不合适的地方，也会成了缺点！"

"不合适的地方？"罗伯特睁着明亮的泪眼看着父亲。

"是的！阳刚帅气的造型放到崇尚中性美的模特界，就成了缺点。但是换个地方呢？比如说表演戏剧或电影……"

罗伯特觉得眼前一下子亮堂了，迎着春风，他微笑着擦干了泪水。

从此，罗伯特一心扑到了影视表演上。然而，这条路是坎坷的。有一次，他好不容易被一位印度女导演相中，参与了名著改编片《名利场》的拍摄。但是，罗伯特的戏却少得可怜。然而就是这少得可怜的戏份最后也被剪辑掉了，他仅仅出现在了 DVD 版中。

然而，罗伯特一直在坚持，他就像贝壳一样，在黑暗中默默聚集着力量。

2008 年，在浪漫奇幻电影《暮光之城》中，罗伯特饰演神秘迷人又邪气俊美的吸血鬼——爱德华·卡伦，终于取得了巨大的成功。他阳刚迷人的扮相迷倒了全球亿万影迷，被美国《时代》杂志评为最性感男明星，成为全球新一代青春偶像。他终于为自己阳刚帅气的面庞，找到了合适的位置。

人要有贝壳的智慧，为自己找一个合适的位置，即便是伤口，也能凝作珍珠。

风景比攀登重要

▶ 文 / 庐江布衣

一个人的智慧不是一个器具，等待老师去填满；而是一块可以燃烧的煤，有待于老师去点燃。

——考留达克

如今，随便翻开一本青年杂志，都能看到许许多多的励志短文。这些文章无一例外的都有一个共同点，就是主人公经历了许多的苦难与挫折后，终于获得了令人羡慕的成功。不可否认，这些文章一般都有一个很好的角度，充盈着一份激动人心的力量，主人公有着极具感染力的人格魅力。但是我想，这样的文章看多了，会不会使人产生一种误解，让人以为，只要付出足够的努力，就一定能成功。

其实，功成名就，大富大贵的毕竟是少数。寻常烟火，平凡生活才是人生的常态。整个社会就如一座金字塔，无论社会如何发展，个人如何努力，能站到塔尖的都是极少数。我们往往只看到成功者的风光，却不知道，还有许许多多的人，也同样的努力拼搏，却终其一生默默无闻。同这些成功的幸运儿相比，默默无闻者的数量是惊人的，不知比幸运儿多了多少倍。比如，中国学钢琴的孩子千千万，却只出了一个朗朗；写博客的人万万千，但能成为作家的也只有韩寒等极少数的几个。有些事，不是说努力、奋斗就能办到的，天时、地利、人和等等因素，千头万绪，缺一不可，“成功”本天成，妙手偶得之。

我有个远房亲戚，从小成绩优秀，性格开朗。一个偶然的机会，他在一部电视剧里，出演了一名中学生。分别时，导演对他说：“你很有表演天赋。”就这么一句简单的话，却给他带来了噩运。从此，他一心扑在表演上，找来许多表演类的书籍自学，最终耽误了功课，高考落榜。后来，他去了北京，在北影做了一名旁听生。为了获得旁听的机会，他的父母花光了多年的积蓄。如今他终于毕业了，可是几年下来，只演了几个无关紧要的角色，片酬连自己都养不活。前一阵，他又打电话回来说有个导演很赏识他，但是需要钱。他的父母只好把住房也卖了。

一想到他，我就感叹，如果当初那个导演没说他有天赋，他就会安心读书高考，现在应该是一名普通的都市白领，有着一份体面而温馨的工作。或许他确实有几分表演天赋，但是这点天赋与影视明星们相比，不知还差了多少。

文章看到这里，也许有的读者会在心里纳闷：你这文章到底想说什么啊？难道是要劝我们安于现状放弃奋斗吗？那社会还怎么进步？

其实，我不是让大家放弃奋斗，而是想让大家做一个智慧的人，在“知足常乐”与“拼搏进取”之间找到一个好的结合点。做好自己能做好的，放弃自己做不好的，做一个成功的普通人。

人生就如登山，风景永远比攀登重要。我们去爬山，目的是欣赏风景。我们也努力攀登，但却是为了欣赏更好的风景。如果你忽略了身边的风景与美好，一味地只知道攀登高远，那你的心灵一定会很疲惫。即使有一天你真的登顶了，你也会怅然若失：这么辛苦地爬上来，到底是为了什么。

如果有一种攀登无法让我们欣赏风景，那你还攀登它干什么？

失败是个逗号

文/卓然客

“拿出胆量来”那一吼声是一切成功之母。

——雨果

别的明星，就算有点坎坷，也是发生在成名前，成名以后就顺利多了。只有张卫健，一夜成名之后，所有的失败与挫折才刚刚开始。这些年来，他就像坐过山车一样，起起跌跌，风雨兼程……

1984年，年仅十九岁的张卫健，凭着一曲《恋爱交叉》勇夺第三届新秀歌唱大赛冠军和最佳台风奖，他的名字一夜之间家喻户晓。年少成名，春风得意！想起第一、二届新秀歌唱大赛冠军得主梅艳芳和吕方已经红遍了整个华人娱乐圈，张卫健对自己的未来充满了憧憬。

但是，命运却跟他开了个很大的玩笑，唱片公司并没有给他出个人专辑，只是在某张唱片里收录了他的两只单曲。单曲发行后，市场反应十分冷淡，张卫健陷入了深深的失落之中。

为了生活，张卫健只有到歌厅、酒廊当驻唱歌手，报酬低得可怜。那些客人根本就不是来听歌的，稍有不如意，就把茶杯、烟灰缸砸上台来。有一次，他正在台上深情演绎一首新歌，一只高脚杯飞上台来，砸在他的额头上。他忍着痛、含着泪，坚持着把歌唱完。鞠躬离场的刹那，他泪流满面。

回到家，张卫健把头蒙在被子里放声大哭。母亲走了过来，倚着床头坐了下来，用手抚着儿子的背，等张卫健稍显平静之后，才用舒缓的声调安慰他："人生如果是一本书，'失败'就是一个逗号。若是因为一个逗号就停了下来，哪还能看到后面的精彩内容呢？"

听了这话，张卫健慢慢停止了哭泣，心中默默开始了思索。

从那以后，张卫健有了他那个年龄不该有的沉静。每天早上九点开始拍戏，演一些只有一两句台词的小角色。晚上七点完工后，再搭末班车到深圳的酒吧里唱歌。等他拖着疲惫的身体踏上归程，窗外已是灯火阑珊。他不再流泪，把所有的苦和痛，都默默地放在了心底。

就这样默默努力了七年以后，他终于迎来了娱乐生涯的第一个春天。1991 年，他在神话剧《日月神剑》中与郭晋安分别饰演日、月神侠，并凭着搞笑手段脱颖而出，创下当时收视率的最高纪录。紧接着，他主演的《我爱牙擦苏》，再创收视新高。一时间，他成了风头最劲的娱乐人物。其诙谐的表演风格被各大电影片商看中，纷纷找他拍电影，他被传媒封为"周星驰接班人"。

然而，还没等他从喜悦中清醒过来，巨大的打击突然降临。1994 年，整整一年多时间，张卫健竟然一部戏也接不到，穷困潦倒之下，他只好卖掉了住房。白天，他在各大片场蹭角色，琢磨演技，晚上就常常流落在香港街头。夜阑人静，看着万家灯火一盏接一盏熄灭，张卫健内心的凄恻，不是外人所能想象的。

1996年，张卫健接拍《西游记》，迎来人生的又一个高潮。然而短暂的一阵风光后，他又与香港无线电视因矛盾而决裂，再次陷入漫漫严冬。整整三年，他就如一根浮萍，在两岸三地，四处漂泊。最困难的时候，他连买一块面包的钱都没有。但是，无论如何，他始终相信，失败只是个逗号，后面，一定会有精彩的华章。

1999年，凭着在《少年英雄方世玉》中的精彩表现，三十五岁的张卫健终于奠定了自己在娱乐圈中的位置，从此，人生步入坦途。

2001年，张卫健获得台湾电视“金钟奖”提名，公司为他办酒宴庆贺。喝了几杯酒后的张卫健，动情地谈起了母亲，正是母亲的鼓励，才能让他走到了今天。大家纷纷要求张卫健的母亲说两句，满头银发一团和气的老人家只好走到了台前，却只说了一句话：“成功也不是句号，后面的路长着呢！”

大厅里，短暂的一阵沉默后，爆发出雷鸣般的掌声。

是啊，失败是个逗号，成功也不是句号。生命不止，拼搏不息，有梦想的天空从不灰暗，有信念的人生绝不平凡。

“旱秧”

文 / 卓然客

每一种创伤，都是一种成熟。

——佚名

清道光十二年，在遥远偏僻的湖南湘乡，有一个书生，都二十二岁了，才考上了个秀才。这之后，整整五年，他起三更睡午夜，历经酸辛。可是数次会试，他都榜上无名，四周乡邻谣言四起，说他本无学识，连秀才都是花钱买的。更有无知村童把这编成儿歌，当面戏弄他。

他心灰意冷，把自己锁在房内，茶饭不思，容颜枯槁。

父亲来到他的房内：“老这么窝在家里，也不是办法。二十里外，家里有处田庄，你去管理一下吧。”

来到田庄后，他还算勤奋。第二天，他就到田间去巡视。他发现了一个奇怪的现象：烈日炎炎，几个佃农却把田里的水往外排。好几块田里的水都已排尽，秧苗都晒得蔫了。

这大热天的，庄稼不引水灌溉也就算了，怎么还把田里的水往外排呢？莫不是这几个佃农对东家含恨在心有意坏事？他急忙跑过去阻止。几个佃农哈哈大笑："少爷，这您就不懂了。秧苗刚下田时，根扎得不牢。把水排尽后，它们找不到水，就只好把根拼命往深处扎，这样根就扎牢了。别看他们晒蔫了，田土里仅有的一点水分就可以保证它们不会被晒死。晒个七八天后，再引水灌溉，它们久旱逢甘霖，如鱼得水一般，就长得更好了，拔节似的往上窜。"他将信将疑："真是这样吗？"随行的管家微笑着说：是这样的，这些秧苗经了这一劫，就能长得更好。庄稼人管这叫"旱秧"。

他恍然大悟，撇开众人，一口气奔回家里，闭门不出，发愤苦读。一年后，也就是道光十八年，他一举中了进士，并成为当朝军机大臣穆彰阿的得意门生，从此步入仕途，成为晚清的一代中兴名臣。

他就是曾国藩。

他说，是那几个佃农的"旱秧"行为改变了他的一生，让他明白了，经了苦难，生命才能变得更加强大。

后来，他的子侄门生受了挫折，他就这样教育他：一个从小锦衣玉食的富家子，一个从小在市井中打滚的乞儿。如果忽然兵荒马乱，他们都失去了所有的依靠。如果他们中间一个饿死了，一个挺了过来，你说，那个活下来的会是谁呢？

是啊，每一次波折，都让我们得到锻炼，增了阅历、强了本领、懂了人生。

苦难，其实是最好的成长。

不要迷恋山腰的风景

文 / 卓然客

创造机会的人是勇者。等待机会的人是愚者。

——佚名

2002年3月，美国纽约州立高级中学门口，一辆加长型林肯房车轻盈地停了下来。从车上下来一位老人，这位老人头发花白，身材健硕，面容祥和。老人步履矫健地来到校长室。校长约翰逊先生一看就知道这位老人是有身份的，于是，亲自冲了一杯咖啡端了过来。

老人说，他叫帕米拉，是微软公司的常务副总裁。这次来，是想找一个叫马克·扎克伯格的学生，微软公司希望聘请这位学生担任高级工程师。

“年薪是，九十五万美元！”

虽然约翰逊校长见多识广，但是听到这一句时，仍然吃惊得吐了吐舌头。年薪九十五万美元！这简直就是神话！在2002年，就是放眼全球，这样的高薪也不多见！

原来，马克·扎克伯格从小就被誉为“电脑神童”，10岁开始电脑编程。2001年末，马克·扎克伯格设计出了一款MP3播放机，无论是设计还是音效，都处于全球领先水平。一时间，各大软件公司争相聘请马克·扎克伯格。微软公司经过董事会协商后，慎重地做出了这一决定。

帕米拉老人诚恳地对约翰逊校长说：“校长阁下，您能帮我劝一劝马克同学吗？我们公司可以为他提供最好的条件。”

冷静下来的约翰逊校长想了想说：“我可以替您建议一下，但我更加乐于尊重学生自己的选择。”

一会儿工夫，马克·扎克伯格来了。瘦瘦单薄的样子，很普通的一个小男生，只是，那双眼睛澄澈地闪着清灵的光。听完帕米拉老人的叙述，马克·扎克伯格腼腆地笑了：“谢谢您与微软公司的肯定，只是我想，我现在最需要的，是学习。”

那天，帕米拉老人十分遗憾地走了。临别时，帕米拉老人给马克·扎克伯格留下了自己的电话号码：“如果你改变了主意，可以随时来找我！”

2003年，马克·扎克伯格进入了哈佛大学，主修心理学。可是，他依然痴迷于电脑。2004年，马克·扎克伯格为哈佛同学建立了一个提供互相联系平台的网站，命名为“脸谱网”。网站刚一开通就大为轰动，几个星期内，哈佛一半以上的学生都注册为会员，主动提供他们最私密的个人数据，如姓名、住址、兴趣爱好和照片等。学生们利用这个免费平台掌握朋友的最新动态、和朋友聊天、搜寻新朋友。很快，该网站就扩展蔓延到全美各大高校。到2004年底，注册会员已经突破100万。于是，马克·扎克伯格从哈佛大学退学，开始全职经营网站。

到2006年，脸谱网风靡美国、加拿大、英国、澳大利亚等整个欧美地区，注册人数达到了五千多万。

脸谱网的迅猛发展，引起了各大网络公司的注意。雅虎公司首先向马克·扎克伯格抛出了橄榄枝，出价10亿美元要求收购脸谱网。

这个消息一出，立即引起轰动。10亿美元！只要马克·扎克伯格点点头，年仅22岁的他，就可以跻身于全球顶级大富豪的行列。其锋芒，可以直逼当年的比尔盖茨。

可是，这一次，马克·扎克伯格又一次让世界为之侧目。他微笑着拒绝了。他说："我要做全球最好的社交网站，我要做最顶级的网络公司。"

看来，想要收购脸谱网是不可能的了。2007年，微软公司经过仔细权衡之后，出资2.4亿美元收购了脸谱网1.6%的股份。

2010年，脸谱网注册用户已达到五亿，同时在线人数超过了1亿，公司的市值达到150亿美元。马克·扎克伯格本人也被《时代》周刊评为2010年年度最佳人物。

如果当初马克·扎克伯格满足于年薪95万的工作，如果当初马克·扎克伯格10亿美元把脸谱网给卖了，那么，马克·扎克伯格还能有今天这样巨大的成就吗？

经受住诱惑，才能得成功；经受住大诱惑，必能得大成功。那些小富即安的人，不要指望他们能有什么大作为。往往有许多人，他们之所以不能登顶，并不是因为能力的匮乏，而是因为迷失于山腰旖旎的风景，忘了自己最初的追求。

信任的力量

文 / 丙志

有取有舍的人多么幸福，寡情的守财奴才是不幸。

——鲁达基

黑熊因为偷东西被虎大王关进了监狱。

黑熊在监狱中经过深刻反省，充分认识到自己偷盗的过失。它决定痛改前非，不能让大家看不起它。

出狱不久，黑熊便拾到了一块金子。黑熊想，考验自己的时候到了。它决定将拾到的金子交给虎大王，以表明自己已经彻底改过。

当它把金子交给虎大王的时候，虎大王忽然露出了可怕的冷笑。

它对黑熊说："这金子是哪里来的，你可要说实话呀。"

"是我拾到的。"

"谁能证明？"

黑熊语塞了。因为，它拾到金子的时候，没有一个动物在场。

“将黑熊给我抓起来。”虎大王下令了。

猎狗、狐狸等一拥而上，将黑熊按倒在地。然后绑了起来，关在了一间黑屋子里面，虎大王决定择时对黑熊进行审查。

黑熊在黑屋子里心痛极了。它心想，要为自己正名是一件多么难的事情呀。如果大家都不信任我，我就干脆做一个货真价实的小偷吧，这样也可以报复虎大王对自己的伤害。

它悄悄地解脱了绳索，溜了出去。它决定当晚实施一起重大的偷盗，让虎大王感到吃惊。

当它来到河边准备过河时，发现有一只老黄羊带着一只小黄羊站在河边发愁。

老黄羊一见黑熊，高兴地对黑熊说：“可盼来大救星了。你能帮我把孩子送过河吗？我自己实在没有把握把它安全地送过河。你这样身强力壮，一定会办得到的。”

黑熊说：“你这样相信我。”

老黄羊说：“当然，你是一个善良的动物。我是不会看错的。”

黑熊心里高兴极了。因为，许久以来没动物这样相信自己了。

它高兴地将小黄羊背在身上送过河，接着又把老黄羊搀扶过河。

老黄羊对它感激万分，一再夸奖它是世界上最富有爱心的动物。

黑熊心里感到快乐极了，它忽然改变了实施盗窃的主意。它觉得，还是当一名好动物舒服。既然黄羊这样信任自己，那么也会有越来越多的动物信任自己的。

它决定接受虎大王的审查，它决心当一个让大家都信任的动物。

虎大王最后查明黑熊说的话是真的，它奖励了黑熊。从此，黑熊变成了大家的好朋友。

信任常常会改变一个人的命运。

虎大王说权术

▶ 文 / 丙志

心之需要智慧，甚于身体之需要饮食。

——阿卜·日

虎大王执政多年，它是一个权术高手。论力量它不如大象，论聪明它不及狐狸，论机敏它不及猴子，可它却能统治动物世界。大家都说虎大王残忍霸道、心肠歹毒，但谁也不能取而代之。

虎大王年事已高，它知道自己在这个世界上的时间不多了，于是，它想培养它的儿子小老虎接替它的位置。不料，小老虎对当大王满不在乎，只知道玩耍。这令虎大王十分担忧，它想，自己很快就要离开这个世界，觉得应该抓紧时间向小老虎传授权术。

这天虎大王把小老虎叫到身边，问道："如果你当上了大王，由你选两个副手，你选谁呀？"

小老虎不假思索地说："第一：我选狐狸，因为狐狸聪明又身手敏捷。

第二，我选大象，因为大象仁厚且力量大。”

虎大王听了小老虎的话，十分难过。它对小老虎说：“如果那样的话，你就当不了几天大王了。你想想，你是个小孩子，啥都不懂，你当上大王谁会服你。你身边放上两位动物奇才，它们其中的一个会很快将你取而代之的。”

小老虎又说：“那我接着用你手下的黑熊和猎豹。”虎大王又摇了摇头。说：“我手下的黑熊和猎豹德高望重，老谋深算。我死了之后，它们不会听你的，弄不好会拥戴别的动物上台，将你废掉。”

小老虎问：“那您说用谁。”

虎大王说：“用野猪和猎狗。”

“什么，开玩笑吧，”小老虎很惊讶，“它们一个好吃懒做，一个是有名的小偷，而且它们相互还是冤家对头，让它们当我的副手，不让别的动物笑掉大牙才怪呢。”

虎大王不紧不慢地说：“笑掉大牙不要紧，关键是坐稳位子。你想想，野猪无能，猎狗无德，大家都不会拥戴它们当大王的，那么你的大王位子是不是就稳了。它们是冤家这最好了，因为它们是冤家，才不会联合起来对付你。同时，它们会相互揭发各自的罪行，那么你就不费吹灰之力便可抓住它们的小辫子，当它们不老实的时候，你一拉小辫子就会轻而易举地将它们制服。再说了，你手中有它们的把柄，它们会有自知之明的，会对你言听计从的。这样，你当大王就高枕无忧了。”

听到这里，小老虎一下子跪倒在地，连连向虎大王叩头致谢。

不久，小老虎当上了动物世界的大王，一切风平浪静。

一只当上大王的山羊

文/丙志

勇敢寓于灵魂之中，而不单凭一个强壮的躯体。

——卡赞扎基

狮大王死去了，大家为了争夺大王之位发生了激烈的争斗。一时间，动物的鲜血染红了山林。

山神为了避免让更多的动物死于非命，就采取了一个权宜之技。它找到一只很听话的山羊，把山羊的皮换成了狮大王的皮。这样，山羊看上去和狮大王一模一样，山神慌称狮大王复活了。

山神知道，这只狮大王是山羊做的，只是暂时充充样子，将来它会从狮子中选出一位强者来替换它。

山羊按照山神的要求当上大王之后，不久便有手下的狮子送来了鲜血淋漓的肉。山羊从不吃肉，它一闻到肉的血腥味就感到恶心。

它不想吃肉。于是它就说："我不饿，这些东西你们先吃了吧。"

它手下的狮子一听，都十分高兴，一会儿就将肉吃光了。

时间一天天地过去。山羊饿得眼冒金星，有气无力。但它知道，它不能吃草，一吃草就会露馅。一旦露馅了，它就会成为狮子们的口中餐。它想，为了活命，我必须学会吃肉。

又一次有手下的狮子给它送来了鲜血淋漓的肉。它闭上眼睛，大口大口地吃了起来。

肉的味道很不好，它有种呕吐的感觉。但是，它还是挺住了。它吃了一大块肉后，感到不饿了。它心里说，谢天谢地，总算学会了吃肉。

过了第一关以后，它便顺利地吃起了肉。随着时间的推移，它竟然喜欢吃肉了。它觉得肉很香、很鲜美。吃了肉能够保证更长的时间不饿。更重要的是，它感到吃肉比吃草更有力气。从此，它的食谱彻底改变了。

在吃肉的同时，需要咬碎一些骨头，这使山羊的牙齿越来越锋利。不久，它的牙齿就同其它狮子的牙齿没有什么两样了。它向狮子学会了用牙齿咬断其它动物的喉咙，它做得并不比狮子差。

过了一段时间，山羊的头上长出了又尖又长的角。它身边的狮子们觉得有些不对劲，但它们也弄不清楚到底是怎么回事。山羊的尖角长得越来越长，而且十分锋利。

终于有一天，狐狸看到了山羊头上的角。它细致地观察了一会儿，惊异地喊道：“它不是我们的狮大王，它是山羊，它是冒充的，有尖角为证。”

山羊身边的几只狮子一经提醒，也明白了是怎么回事。它们联合起来，准备吃掉这只冒充狮大王的山羊。

山羊冷笑着说：“我用事实证明，我就是动物世界的大王。”

说着，它猛地扑向了身边的狮子。狮子们心想，一只山羊有什么了不起，它们张开大口准备迎战。

出乎意料的是，山羊出奇地凶猛，它用尖角在每个狮子的腹部都穿了两个深深的洞。这些平时威风八面的狮子已经没有反抗能力了，它们一个个被山羊咬断了喉管。

山羊不慌不忙地吃起了狮子的肉。

此时，山神恰好看到了它们的打斗经过。山神惊讶地说："狮大王的位置，把山羊培养成比狮大王更加凶残的动物。它已经胜任了狮大王的角色，已经没有将它替换的必要了。"

语言艺术

▶ 文／丁沈

嘻笑是虚伪的舞台，真理是严肃的。

——司汤达

老虎被动物们选为大王。它决定选择一个黄道吉日举行上任大典。老虎把这件事交给狐狸去操办，狐狸干得很卖力。

这一天，狐狸宣布虎大王上任大典开始。百兽聚在一起，排好了队列，恭贺虎大王上任。它们齐声喊：大王万岁万万岁，虎大王万寿无疆，虎大王圣明……虎大王坐在大王椅上，心花怒放，喜上眉梢。忽然，地上的一角塌陷了，大王椅向一边明显地倾斜过去，老虎险些摔倒。

百兽见了，都大惊失色，认为这是不祥之兆。虎大王心中立马布满了阴云。它心想，是不是要有灾祸降临呢？

现场气氛变得凝重起来，大家都不知如何是好。

这时，狐狸出来说话了。它说："恭喜虎大王，因为你圣德深厚，大地都不能承载了。”

百兽一听，立马群情激奋，也跟着喊虎大王万岁。虎大王一下子由惊变喜。心想，还是狐狸有学问，我怎么没想到这一点呢？

上任大典结束之后，老虎对狐狸说，你的学问真是很深呀。狐狸说：“这都是托虎大王的福，小的才心明眼亮。”虎大王又问：“假如我在大王椅上摔下来，该做如何解释？”狐狸答道：“这很简单，大王若摔在地上，那是土地神主动与大王亲近，同样是吉祥之事呀。”

“言之有理。”虎大王连连点头称赞。

不久，狐狸连升三级。

找准位置

文 / 丁沈

真实的暗疾是渺小，而伟大的暗疾则是虚伪。

——雨果

虎大王找来画坛几位高手给自己画像。它要求它们要画得严肃认真，不得有丝毫马虎。

第一个给虎大王画像的是山羊。山羊站在虎大王对面，又惧又怕，不敢有丝毫懈怠，画得极为认真、精细，连虎大王每根毛发都画得清晰可见。这是一幅栩栩如生，十分逼真的画像。

虎大王看了之后，却勃然大怒。它吼道："这难道就是我吗，我会这样渺小庸俗吗？"山羊被虎大王吃掉了。

第二个给虎大王画像的是黑熊。黑熊吸取了山羊的教训，尽量把虎大王画得高大威猛一些。画像交给虎大王之后，虎大王十分震怒："这是我虎大王吗，这不成了大象了吗？"结果，黑熊也被虎大王吃掉了。

第三个给虎大王画像的是狐狸。狐狸说："虎大王，给您这样伟大的动物画像不能简单从事，容我用十天时间来搞设计。"

虎大王应允了。

狐狸回到家里，准备收拾行李逃跑。但转念一想，逃了初一，难逃十五。狐狸很害怕，它想，虎大王重权在握，如不能画得令它满意，必招至杀身之祸。

狐狸躺在床上，无意之间看到墙上有一只大苍蝇。它发现墙上的大苍蝇看上去很大、很威风，它有主意了。

狐狸找到了虎大王，它让虎大王坐在一个高高的平台上。自己趴在地上仰视着虎大王，吃力地画着。

虎大王问："这样画是为什么？"

狐狸说："虎大王，您是最伟大最神圣的万兽之尊，这样画才能体现众动物对您的尊敬。"

虎大王听了狐狸的话，心里甜滋滋的。狐狸用了几天时间才把画像画完。虎大王看着狐狸给自己画的像，自己高高在上，威风凛凛，形象高大而又神气，它满意地笑了。它心想：还是狐狸能够找准位置。

虎大王下令：给狐狸以重奖。

真实是最高的技巧

▶ 文 / 丁沈

凡是与虚伪相矛盾的东西都是极其重要而且有价值的。

——高尔基

根据大家的要求，动物世界举办了选美大赛，动物选美评委会主任斑马宣布了选美大赛规则。依据比赛规则，参赛动物可以采取各种技巧，将自己打扮得更加美丽，提高自己的竞争力。

松鼠是一个化妆的高手。它想，这一次可以大显身手了。于是，它花了很长的时间，用五颜六色的化妆品，对自己进行了精心地包装。它将自己打扮得如花一样美丽。

梅花鹿长着一对美丽的角。每只角分出若干分支，看起来像一棵树。梅花鹿不满足这样，它采来许多花，绑在它的角上，这样看起来，梅花鹿头上鲜花盛开，好看极了。

豹子身上有许多斑点，显得很别致。但是，它并不满足于此。它穿上了由数百个小镜子连接成的衣服，在阳光下一瞧，只见豹子全身都是光闪闪的斑点。看上去光彩夺目，很不寻常。

与上述动物性格截然不同的是孔雀。它是一个不爱打扮的动物。它觉得，参加选美大赛，靠的是自己的实力，它想凭自己的开屏绝技，得到大家认可。它不想用技巧和伪装来提升自己的竞争力。

经过层层选拔，松鼠、梅花鹿、豹子、孔雀进入了最后的选美决赛。它们都希望自己能够拿到动物世界选美冠军这一崇高的荣誉。

这一天，选美决赛开始了。动物世界选美委员会宣布完选美决赛的动物名单之后，一个又一个有趣的事情发生了。

上午忽然下起了雨，大家都被淋湿了。此时，忽然听见松鼠的哭泣声。大家一瞧，都大吃一惊。松鼠一经雨淋，它的化妆品被雨水弄得乱七八糟。它变成了一个丑八怪，把大家给吓坏了，它不得不宣布退出了冠军的争夺比赛。

到了中午，只听见梅花鹿发出了叹息声。原来，梅花鹿角上绑的鲜花被太阳一晒，都枯萎了，看上去十分滑稽可笑。梅花鹿在无奈之下，也宣布退出了决赛。

当太阳落山后，只听见豹子连连叫苦。大家一看，它身上原来光闪闪的衣服，忽然变得一片灰暗。它没有了令它可以炫耀的亮光，就没有继续参加竞争的必要了。

此时，孔雀却兴致勃勃地表演它的开屏绝技。它的表演落落大方，自然舒展，收放自如。大家感受到有一种活力扑面而来，大家都被孔雀天然至纯的美征服了。

最终孔雀成为了动物世界选美大赛的冠军。

动物选美评委会主任斑马意味深长地说：“伪饰的东西总是靠不住的，真实才是最高的技巧呀。”

第三辑

Chapter Three

唯美阅读

Weimei Yuedu

拯救自己的狗

▶ 文 / 戊阳

每一个人都应该有这样的信心：人所能负的责任，我必能负；人所不能负的责任，我亦能负。如此，你才能磨炼自己，求得更高的知识而进入更高的境界。

——林肯

在很久以前，狗过着居无定所、四处流浪的生活。它们经常被一些猛兽袭击，很多狗在很小的时候就死掉了。它们还时常遭到猎人的捕杀，许多狗都朝不保夕。

一天，一只狗被猎人捉到了，猎人把狗放在一个大笼子里。把狗送人还是把它杀了吃肉，猎人一时拿不定主意。于是，猎人决定过几天再做决定。狗待在笼子里，心想，这下子可全完了，只能听凭猎人的处理了。

这天夜里，猎人家来了一个贼，狗发现了他。狗是天生具有正义感的动物，它最恨贼了。它忘记了自己已经是猎人的笼中之物，于是，对贼发出了警告：汪、汪、汪。声音洪亮，响彻夜空。

贼听到了狗发出的奇怪的叫声，感到很害怕。他试图让狗住口，他用手中明晃晃的钢刀指着狗，意思是说，你再叫，我就杀死你。可是，狗的性子刚烈，它并不怕威胁，叫声反而更大了。猎人听到了狗的叫声，赶紧起身拿起猎枪，推开了屋门。贼想跑来不及了，他被猎人捉到了。这时，猎人才想起来，自己的两箱财宝放在厢房里。如果没有狗的叫声，恐怕那两箱财宝就会被贼偷走了。猎人从心里感激这条狗。本来猎人想在第二天天明就把狗杀掉，可狗的表现使猎人改变了主意。

猎人心想，狗既然能看家护院，又那样负责任，我就养着它吧。

狗得救了。此后，狗每天都在尽职尽责，让猎人十分满意。随着时间的推移，猎人从心里喜欢上狗了。同时，狗也喜欢上了猎人，两者成了朋友。猎人把狗从笼子里放了出来，狗获得了自由。为了感谢猎人的知遇之恩，狗更加负责地看家护院，从不懈怠。

不久，越来越多的人知道了狗看家护院的本领和忠义本性，他们就纷纷把狗请到了自己的家里，让它们发挥一技之长。从此以后，狗的家族彻底改变了自己的命运。它们帮助人类看好家门，也使自己的种族越来越兴旺起来。

狗自己拯救了自己。

重要的永远是结果

▶ 文 / 戊阳

冒险是历史富有生命力的元素，无论是对个人还是社会。

——威谦·博利多

黄猎狗和黑猎狗共同为猎人效力。一次，猎人派它们去山中狩猎。不料，它们却为狩猎产生了分歧。

黄猎狗说：“我们最拿手的本事是捉兔子，而且主人最喜欢吃兔子肉，我们全力以赴去捉兔子吧。”

黑猎狗说：“你故步自封，一点上进心都没有。如果我们能捉到一只山羊，那么我们会让主人更高兴的，我们会因此得到主人的更高奖赏。”

它们谁也没有说服谁。于是，决定各干各的。

黄猎狗像往常一样，不一会儿就捉到几只兔子。它越干越起劲，越干越顺手，很快它的战利品就积成了大大的一摞。

黑猎狗发现了一只又肥又大的山羊。山羊长着尖尖的角，看起来很不容易对付。黑猎狗想：不试一试怎能知道是否能成功呢？于是，它就追了上去，山羊拼命地逃蹿。黑猎狗并不想放弃，它在后面紧紧地追赶。有几次，眼看快要追上了，可是，狡猾的山羊来了一个急转弯，轻而易举地将黑猎狗抛在了后面。黑猎狗又急又气，它发誓一定要捉住这个可恨的家伙。快到山顶了，山羊奔跑的速度明显的慢了，黑猎狗心中暗喜。它想，看来山羊已经没有力气了，马上就可以捉到它了。

它正盘算如何将山羊摁倒在地，只见山羊突然转过身来，用尖尖的角猛地刺向了黑猎狗。黑猎狗从来没遇到过这种险境，它一时不知如何应对。就在它惊神不定之际，山羊的尖角已顶在了它的肚子上，山羊趁势使劲地将黑猎狗抛向了空中，黑猎狗在空中划了一条弧线，便重重地摔在了地上。由于身体失去了平衡，它从山上滚了下去。眼看就要滚到山崖的边上，它拼命地抓住了一棵树，这才保住了性命。

黑猎狗吓出一身冷汗，它没有想到山羊会这样难以对付。它决定下山，可是，它刚刚起身，发现对面来了一只黑熊，黑熊是自己的死对头。只有在主人将黑熊击伤的情况下，它才可以与黄猎狗联手对付黑熊。如果单打独斗，黑猎狗肯定会败给黑熊的。黑猎狗一看情况十分危险，于是撒腿就跑。黑熊不甘心放走它，便在后面紧紧追赶。黑猎狗费了好大的劲，才摆脱了黑熊的追杀。

到了山下，黑猎狗发现黄猎狗躺在一堆战利品旁边睡觉。它将自己的经历告诉给了黄猎狗，它说："今天为了狩猎，我差点丢了命。"

它想，主人肯定会好好地安慰自己的，兴许给自己以重奖呢。

主人来了，它发现黄猎狗捉到了一堆兔子，十分高兴，立即给黄猎狗以重奖。

主人发现黑猎狗空手而归，十分不满。他大骂黑猎狗没有本事，是一个窝囊废，并狠狠地抽了它两鞭子。

黑猎狗委屈地对主人说："黄猎狗不费吹灰之力就捉到了几只兔子，因此受到了重奖。可我为了狩猎拼了性命，你却不理解我，还惩罚我，这太不公平了。"

主人说："重要的永远是结果，再曲折、再惊险的过程，也是毫无价值的。"

不低头，他成了世界之王

文 / 池州胡

恐惧与勇敢近在咫尺，而且互相共存——向敌阵突进的人，最晓得个中实情。

——梭罗

浙江小伙陈盆滨 21 岁因参加家乡岛上的俯卧撑比赛，竟一口气做了 438 个，荣获第一名，比第二名多出 288 个。围观的人被他的耐力惊呆了，称他为岛上“耐力王”。

发现自己耐力超乎寻常，比赛获胜还有奖金，于是，陈盆滨走出小岛，开始了边打工边追逐耐力赛事的生活。第一次参加马拉松比赛，陈盆滨菜鸟一个，不知道马拉松是咋回事，要跑多久，竟然穿着皮鞋就上了赛道，引来众人的哄笑。结果，他的成绩是 3 小时 09 分，达到了国家二级运动员的水平。到 27 岁，国内的一些耐力比拼他基本都参加过了，共获 26 个全国冠军，成了中国的“耐力王”。

28岁，陈盆滨首次跑出国门，参加了105公里环勃朗峰耐力赛，700人中只有400人坚持了下来，他位列27。

陈盆滨的耐力越来越强，他把目标瞄向了七大洲的极限马拉松比赛。这项赛事含盖了世界上最艰难、最炎热、最寒冷以及地形最复杂的地区，也是极限耐力跑比赛的终极难度。

30岁，陈盆滨成为了有“地狱马拉松”之称的“北非摩洛哥沙漠250公里耐力跑”赛场上的第一位中国内地参赛选手，赛前签下了“生死状”。在全队800多名的参赛选手中，他名列35。不过，令他不爽的是，很多人都把他当作了日本人。为了防止再被人误认为是日本选手，往后的耐力赛他的所有装备上都印有五星红旗。

不停的狂奔，陈盆滨的脚趾甲长期与鞋尖挤擦，已经翻起脱落。十指连心，疼痛可想而知。有人说他是自虐狂，劝他不要再挑战极限了，参加一些国内赛事，轻松还多拿奖金。然而，陈盆滨不愿低头，他说那样就愧对“耐力王”了。

2014年11月，33岁的陈盆滨跑到了七大洲极限马拉松的最后一站——南极洲极限马拉松赛场，在零下30℃、风力11级的极寒环境中，他以13小时57分46秒拿下100公里冠军，成为历史上首位赢得国际性极限马拉松比赛冠军的中国人，同时也是全世界第一个完成“七大洲极限马拉松大满贯”的极限跑者，成了名副其实的世界“耐力王”。

因为不愿向极限低头，不愿向容易到手的奖金低头，陈盆滨终于成了世界之王。

一狼独行，不如群狼并起

▶ 文／池州胡

一个人如果单靠自己，如果置身于集体的关系之外，置身于任何团结民众的伟大思想的范围之外，就会变成怠惰的、保守的、与生活发展相敌对的人。

——高尔基

说起乒乓球，中国无疑是世界乒坛的一匹狼。但是，当世乒赛的冠军奖杯除了个别少数，绝大多数镌刻着的都是中国人名字的时候，狼行天下无敌手，狼也就失去了作为狼的意义。

为了在国际大赛上放弃大包大揽的目标，尽可能地培养新的竞争对手，2009 年初，蔡振华接掌中国乒协时提出了一项着眼世界乒乓球未来发展的“养狼计划”。一狼独行不是乒坛的未来，群狼并起才是乒坛的春天。

“养狼计划”就是要让更多教练员和球员出国去交流，或让外国选手到中国来训练，帮助他们提高水平，缩小与中国选手的差距，激活乒乓球在全球范围的生命力。“养狼计划”提出后，日本横滨第50届世乒赛在即，备战期间，中国乒协曾主动派人去充当波尔、萨姆索诺夫、苏斯等主要对手的陪练。由于时间短，未能改变中国队包揽冠军奖杯的局面，但“养狼计划”没有因此夭折。到了刘国梁接掌中国乒协时，不但继续推行“养狼计划”，还加大了力度，把一线队员推向“养狼计划”的前台。终于，“养狼计划”在2013年巴黎世乒赛上初见成效，中国队未能包揽，只获得了三项冠军。

也许是包揽惯了，一旦丢了两块金牌，国人就坐不住了，说乒乓已不是中国一家独大了，怕就怕再也大不起来了。对此，刘国梁笑了笑说：“我们已连续五届包揽了，一国独大不是乒乓球的天空，世界共享才是乒乓球的天下，如此，乒乓球才能更受欢迎。现在中国乒乓球队的目标就是如何做大做强，让更多人参与，而不是用‘包揽’来体现我们的理想和目标。”

群狼并起，有了另外一群“狼”的挑战，我们自己这一群“狼”，才能更警惕、更勇猛、更剽悍，才能在竞争中“更高、更快、更强”地发展，乒坛的天空下才会有更多的辉煌与精彩。

其实，群狼并起的精髓也适合其他工作和生活。一些人总是希望自己一人独大、一花独放、一人发财、一家最火……孤家寡人，孤芳自赏。殊不知，周围尽是枯草败花，凋零不堪，一人能有春天的感觉吗，能有快乐的天空吗，又能与谁同乐？

一人是己，众人是天啊！

“尖子生”与“笨脑瓜”

文 / 池州胡

你要像一棵桷树，大风将树吹折，然而巨大的树干却永远挺直。

——裴多菲

他是我邻居家的孩子，名叫李超，我的学生。他读书的兴趣很浓，也很广，学习成绩也一直名列前茅，可谓班里的“尖子生”；他玩的名堂很多，也很新鲜。正因如此，他成了班上的一个强磁场，吸引了众多同学围着他转。可有一天，班上一个学习不怎么样的男孩来找他玩，他却板着脸拒绝了，嘴里还咕哝了一句：“笨脑瓜，谁跟你玩。”

我一惊，那个男孩学习固然没有什么亮色，可他并非一无是处呀，就我家访中得知的一点，他经常独自上近百里外的县城帮爸妈的小店批货。在这个孩子学习父母包办一切的急功近利的读书时代，能如此独立、如此帮助父母的孩子，的确难能可贵。我与李超聊起那个同学。李超一脸不屑："他笨得无法可想，最简单的数学题还问来问去，说了几遍还转不过弯来。悲哀，遇到这号人真是悲哀。"

我更吃惊了，看来应试教育的"学习好才是好"的"精髓"已烙在了李超的思想深处。

其实，人各有所长，各有所用，学习好只是其中的一好一长，还有更多的"长"与"用"呢。同学相处，又怎能以己之长而看不起同学之短呢？你就没有短处吗？道理很简单，可李超尚处在幼稚当中，认识难免有点儿"左倾"。

为此，我与他爸爸"串通"，设计了一道"作业"，让李超独自乘车去百里开外的县城替我这个老师买点东西。师命难违，很少独自出门的李超去了。可他去了县城，不知路在何方、店在何处，又金口难开，最终是带着兜里的钱旅游了一趟，两手空空地回来了。我固执地让他再去，不过，这次是让那个被李超咕哝为"笨脑瓜"的男孩陪他一道去，我想让李超见识一下"笨脑瓜""百里走单骑"独闯县城批发货物的全程。有了那个男孩的指引，李超顺利地完成了我布置的"作业"。

一样的"作业"，两样的经历，不同的收获。我又同李超聊了起来。这回，李超不再称那个男孩是"笨脑瓜"了，言谈神情，全是佩服。说那个男孩从乘车到带他问路找店、还价，从容大方、胆大心细、有礼有节，活脱脱一个"走四方"的老手。李超还记住了那个男孩的两句"名言"："路在嘴上""话说得好能当钱使"。

我见李超进入了我的"作业"情境，该是我总结"作业"的时候了。我故作一脸轻松一脸平静："是啊，人呀，没有笨不笨的，只是在学校里只顾了学习，有许多同学有分数以外的智慧，你没有机会发现，只要给予相应的机会，你就会发现，每一个同学都有自己的聪明之处。同学相处，相互看不起是最没道理的，也是最不聪明的，明智之举是取他人之长补己之短。”

李超有点不好意思，不停地点头，一副虔诚模样。从这以后，他与那个男孩更好了，与班上分数高低各异的同学都相处和谐，同学们还说他是“尖子生”中最不端架子的。

一巴掌打出来的李玉刚

▶ 文 / 刀者仁心

我想一切胸襟宽广的人都有雄心大志；但是我所器重的心怀大志的人，却是那些坚定而有信心地走这条道路的人，而不是那些企图一蹴而就、浅尝辄止的人。

——狄更斯

李玉刚说，他之所以能成为今天的李玉刚，是因为曾经遭遇的一巴掌扇醒了他。

因为家庭经济条件差，李玉刚高中毕业时，虽然经过高考，已被吉林省艺术学院录取，但他还是放弃了上大学的机会，义无反顾地踏上了打工之路。先后做过饭店洗碗工、歌厅服务员、卖过服装、开过家政公司、到音像店打过工、去夜总会上过班等。

在夜总会上班，李玉刚是做服务生工作的，但他特别喜欢听人在铺着红地毯的舞台上唱歌。有一次，他在给一个客人倒水时，由于一时听歌听入了神，眼睛一直盯着舞台上的歌手，杯中溢出的开水烫到了客人的手。客人愤怒了，顺势一甩手，给他脸上重重的扇了一巴掌。李玉刚一下子清醒了过来，立马鞠躬后退："对不起，对不起！"这早已是李玉刚的习惯了。因为他的领班在上课的时候就一再强调过，在夜总会做服务生永远不可以顶嘴，一旦发生事情，无论你是对还是错，第一反应就是鞠躬，说"对不起"。

那天忙到半夜，李玉刚才得以睡下，这时，脸上还火辣辣的。他辗转反侧，心中暗自思忖，我不应该永远只是一个端茶倒水的服务员，那方红地毯上应该有我的身影和歌声。

之后，李玉刚依旧做着服务生的工作，依旧非常谨慎地给客人服务，给客人拿酒倒酒、端茶倒水，但是他的心也依旧在那个舞台上，只是他清醒了，不再是忘情的听，而是趁机会挤时间用心的学。舞台上什么都有，男声女声、流行歌曲、传统老歌、戏曲舞蹈，他逮着什么学什么，能缠的歌手他就缠着学，当然更多的时候还是自己私下的勤练。久而久之，夜总会里的人都知道他喜欢唱，他也会得到在红地毯上演唱的机会，只是临时凑凑热闹，没有报酬的。

直到有一天，一位大腕上台前，安排了李玉刚和另一位女歌手以男女对唱的形式垫场，唱的是《为了你》。可开场了，那位女歌手却没能来，李玉刚大着胆子说自己一人来算了。容不得多想，夜总会的老板只得点头。灯光暗处，女声："泥巴裹满裤腿，汗水湿透衣背。"男声："我不知道你是谁，我却知道你为了谁。"灯光骤亮，却只有一个大男人。客人惊讶之后，便是一阵热烈的掌声。

那天李玉刚特别高兴，因为当他唱完这首歌的时候他还得了600块钱的小费，是台下一位客人一高兴送给他的。第一次得小费，第一次看到原来男声唱女声，会有这么大的价值，李玉刚当天一夜都没有睡觉。要知道，600元，那是1999年，一般打工族一个月的工资啊。

对李玉刚笑成了花儿一样的老板也格外兴奋，因为他终于发现了李玉刚是他招徕客人的一张王牌。至此，老板便以“百变歌王”等美名包装李玉刚，并四处张贴海报。

被一巴掌扇醒了的李玉刚越唱越红，渐渐地开始了他人生的另外一段旅程，最终，成就了当今中国乃至世界舞台上集风度翩翩的俊儿郎与千娇百媚的美娇娘于一身的“中国国宝级艺术家”。

欺骗也是人生路上的财富

文/刀者仁心

人的一生中，最光辉的一天并非是功成名就那天，而是从悲叹与绝望中产生对人生的挑战，以勇敢迈向意志那天。

——福楼拜

因为从小被爸爸逼着学书法，所以小学毕业时，她因书法的特长被保送进北京朝阳区最好的中学80中。

可进了学校后，她发现这里汇集了全朝阳众多学习优秀的学生，她的成绩根本比不上他们，这让她自卑得抬不起头来。她常常想，是书法的特长欺骗了她，她不是进80中的那块料。

快要高考了，因文化课成绩比不上别人，她早作了准备，一心学美术，报考中央戏剧学院。老师说她美术功底不错，完全可以一搏。高考结束，她却被中央戏剧学院舞美专业淘汰。她伤心落泪，她又被“不错的美术功底”欺骗了。

接下来她自作主张地报考北京电影学院的表演系，这次没人说她行，没人欺骗她，可她还真的一考就中，这在全朝阳区也没几个啊！她第一次尝到了自信和骄傲的滋味。

然而，进了北京电影学院后，她发现整个表演系的漂亮姑娘那真的是要用“堆”来形容。黑而瘦的她，相形见绌，少了姑娘的饱满与丰韵，这使得她对自己的形象自信不起来。她想，要在这美女如云的表演系闯出名堂，她是没有竞争力的。所以，当同学们争相在老师面前进行朗诵、小品表演时，她没有表现欲，只是一次次的逃避。那段时间，校园中的她，穿着朴素，不施脂粉，低着头独来独往。她想，生活还是再一次的欺骗了她，电影学院表演系是不属于她的。成名后的她，对自己的这段生活评价是一团糟，说仿佛有种走错了时空隧道的感觉。

不过，面对生活的一再欺骗，除了弱女子的自卑外，她并没有因此而忧郁消沉，更没有放弃，仍旧低头走着自己的路；因为自卑，她无心华丽自己的衣衫，更不喜欢浓妆艳抹，故而，她有比别的同学更多的时间专心地学习自己的表演专业。正因如此，她所学的表演理论与技巧非常扎实，就像她小时候所学的书法一样有功底，在表演系成堆的美女中，她不但修炼成了才女，还显得少有的清新淡雅，所以脱颖而出，一下子被导演看中了。在同年级的学生中，她第一个接到演戏的工作，成为荧屏上崭新的一抹新绿，且一发不可收，新戏不断，屡屡获奖，如华表奖最佳新人奖、百花奖最佳女主角奖、金鸡奖最佳女配角奖、“圣塞巴斯蒂安国际电影节最佳导演”大奖等等。她因此被称为演艺圈第一“才女”，与章子怡、赵薇、周迅并称中国四大花旦。

她就是徐静蕾。她说，她也想不到，曾经的欺骗都成了她一路的财富！

“他本是一个难得的车工啊！”

文 / 刀者仁心

在不幸中所表现出来的勇气，通常总是使卑怯的心灵恼怒，而使高尚的心灵喜悦的。

——卢梭

赫兹，19 世纪末德国伟大的物理学家，无线电波的发现者。打他那时起，电波开始成为全球广播、电视和电子通信网络的基础，引导人类跨入了信息时代。为表示对他的敬意与纪念，他的名字便成了频率这个物理量的单位。

触动我的倒不是这位物理学家的贡献，因为这早已是世人皆知的，且都早在享受着他“导演”的信息时代的方便快捷。对我触动最大的是赫兹学生时代的生活。首先是他的课余时间没有被家庭作业填满，自己的课余能够自己作主，他在课余曾拜一位木工为师，锯、刨、斧、凿使用得极为纯熟；还学会了一门车工技术。其次是他学习的天地不但广阔，而且态度端正，只要是学习就不会马虎。他在学习车工技术时就深得车工师傅的喜爱，以至于他后来成了一名大学教授时，那位车工师傅还惋惜地对他母亲说："唉！真可惜！他本是一个难得的车工啊！"

追溯赫兹的学生时代，真的是希望今天的学校、师长、学子能从中得到点什么，"一沙见世界，一花窥天堂"啊！

第一，作为学校，作为师长，确实没有必要用"三十六计"的招数，"七十二变"的作业，缠得学子昏天黑地。如此不说知识狭隘得"不知有汉，无论魏晋"，就连起码的生理上的睡眠都不能保证。

第二，作为学生，重读书的同时，也要重视动手能力的培养，一则是心灵手巧，反之，手巧心也灵，动手是有助于动脑的；二则可以远离懒惰，不至于像那个孔乙己，秀才捞不到，又懒得动手劳作，连营生也成了问题。也还可以从赫兹那里得到验证，除了前面提到的，赫兹还攻过建筑，当过兵，在总结这些动手劳身的好处时，赫兹不是说学到了多少知识，而是说"惰性从一个人的身上真正被取缔了"(给父母的信中所说)。

第三，兼学别样，不遗余力。总有学校、教师、学生，每遇"副科""课外"时，不是改攻"主科"，就是吊儿郎当，耗费时间。其实，只要有时间、只要有精力、只要是学习就认真对待，方方面面，不遗余力地掌握点总不是坏事。相声演员牛群有句名言"技多不压身"，说的就是这个道理。再说了，你的知识、技能广了，将来深造、择业就业就不至于东方不亮西方也不亮，黑了南方又黑了北方，完全有可能当你成了"大学教授"时，还有位车工师傅惋惜地说："唉！真可惜！他本是一个难得的车工啊！"

能成为大学教授，也曾是难得的车工，这就是素质。赫兹的学生生活，就是我们今天素质教育应该所追求的。

从隐身串门到围炉絮话

文 / 鲍灵槐

书籍便是这种改造灵魂的工具。人类所需要的，是富有启发性的养料。而阅读，则正是这种养料。

——雨果

再有短短 10 天，“上海思南读书会”就迎来了她一周年的生日了。

2014 年 2 月 15 日—2015 年 2 月 15 日。刚刚过去的这 365 次轮回，看似平凡，却又是如此的不平凡。

说她平凡，是她与往昔的无数 365 天一样，日升月落，白云苍狗，大上海屋檐下的每一位平凡人，都在日复一日地为着身上衣口中食而奔走。

说她不平凡，是在这平凡如斯的生活中，忽地平添一缕书香，一缕人文情怀，更平添了一个与当代知名学者和作家面对面的绝好机会。

王安忆、叶辛、陈丹燕、苏童、陈村、赵丽宏、韩少功、舒乙、梅子涵、余华、格非、孙甘露、金宇澄、叶兆言……这一个个不同寻常的名字，在“思南读书会”开办之前，于寻常读者而言，是如此遥不可及。只能隔着那纸上铅字印就的他们名字，遥想他们的风采与模样。

而如今，竟然能够面对面地，与他们几乎是零距离互动与交流，于普通读者而言，这样堪称罕有的机会，如果没有“思南读书会”这样一个平台，是不可想象的。

虽然如今网上网下买书非常方便，但即便再方便，也不能替代作家与读者之间面对面交流的那种默契，那种心领神会。

令人尊敬的杨绛先生就曾把读者阅读作家的书，比作“隐身串门”。

虽然这只是一个优雅的比方，我却极其喜欢。杨绛先生说，读书好比是“隐身串门”，要参见钦佩的老师或拜谒有名的学者，不必事前打招呼求见，也不怕搅扰主人，翻开书面就闯进大门，翻过几页就登堂入室，而且可以经常去、时刻去，如果不得要领，还可以不辞而别，或另请高明。

这样的“隐身串门”，的确很好！正如杨绛先生，103 岁了，然而，岁月的风尘依然难掩她的风华，她依然每日与书为伴，平静恬淡地生活着。她“爱书成痴”，自言，“一星期不看书，这一星期都白活了。”

正因为她酷爱的“隐身串门”，赋予百岁高龄的她，一种充满力量的恬淡之美。在她身上，人们往往会忘掉时间的残酷，人们在她身上看到的不是沧桑。

她如此迷恋于书的世界，从青丝到白头。与书相伴，书给予她智慧，也给予她泰山崩于前而色不变的沉静强大的内心。

她说：“一个人经过不同程度的锤炼，就获得不同程度的修养。好比香料，捣得愈碎，磨得愈细，香得愈浓烈。我们曾如此渴望命运的波澜，到最后才发现：人生最曼妙的风景，竟是内心的淡定与从容。”

纵然 103 岁了，虽有白发和皱纹，但依然温婉如昔，在如刀岁月面前，更加知性，并美丽。纵然 103 岁了，依然心有琴弦，就算历尽万般红尘劫，亦如凉风轻拂面。

然而，这样的“隐身串门”，读者悦虽悦之，但毕竟常有不得要领之时。虽然可以不辞而别，但总归遗憾。

而如今，我们的“思南读书会”就将这样的“隐身串门”变成了“围炉絮话”了。

我揣想，这也许在杨绛先生那都是难以想象的吧！

可不是“围炉絮话”么？送走一周的疲倦繁杂，于周末午后，与心目中早已崇仰的智者围坐一室，聆语语珠玑，听句句峭拔。

如此恬静而温暖的氛围之下，让人不自觉地将俗世之中的浊浊蹇蹇与扰扰烦闷，皆升华为对生活与生命的洞然感悟了。

想来，我们是何其幸运呵，甚至胜过张爱玲呢！

上海才女张爱玲一生喜爱《红楼梦》，从五岁始读，一直到暮年仍爱之有加。

因为太喜欢《红楼梦》，甚至因为不能与曹雪芹生于同一时代、不能一睹他的风采或一听他的高论，而叹出“怅望千秋一洒泪，萧条异代不同时”之慨。

而如今呢，什么，你喜爱《长恨歌》？那就去思南读书会看王安忆吧；他呢，喜爱《活着》？那就去思南读书会看余华吧；她呢，喜爱《上海流水》？那就去思南读书会看孙甘露吧；什么，问到我了？我喜欢《繁花》，那这个周末，就去思南读书会看“上海老爷叔”金宇澄吧……

嗯，果然，我们都比张爱玲幸运，我们不会“怅望”，我们不会“萧条”。

因了思南读书会，我们的心内，满满摇曳着一树繁花；我们心内，盈

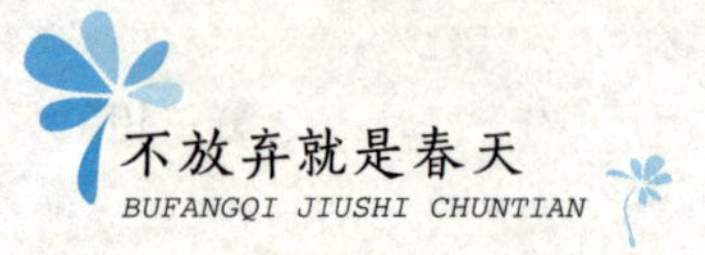

盈汩涌着上海流水。

这个由上海市新闻出版局、上海市作家协会等联合主办的人文活动，给读者们带来了一个人文阅读与交流的春天。

而思南公馆，这个“思南读书会”与“思南书集”的主办方之一，是个原本就有着浓郁人文底蕴的所在。读书会与书集的展开，让她不仅新添了合适的时装，也让书籍与阅读走进了宜居的厅堂。

然而，更重要的是，也许思南公馆自己都没有完全意识到，她的此番之举，是有着怎样一个不同寻常甚至继往开来的意义呵！

上海这座文化底蕴原本就深厚的城市，其百年人文内涵，也许将因此而再次开发，再次展示。

2012年，联合国教科文组织的一项调查显示：全世界每年阅读书籍排名第一的是犹太人，一年平均每人读64本。而中国13亿人口，扣除教科书，平均每人一年1本书都读不到！

虽然我们上海在中国内地读书量排名第一，但也只有区区的人均8本。

一年读不到1本书！一个13亿人口的泱泱大国，竟然成为世界上年阅读量几乎垫底的国家！实在是令人吃惊并汗颜！

上海，8本，也实在不多！

所以，当下我们迫切需要一种适宜的、并且能够调动大众阅读热情的方式、渠道，或者说媒介。

而“思南读书会”与“思南书集”，或许就承担了这一重任。

事实上，读书有多重要，可能对于大多数为衣食住行而奔忙的芸芸众生来说，已经在很大程度上忽略了这个问题。就让我们从犹太人是如何重视读书来看看吧。

犹太人对书，也就是对智慧的重视甚至可以用虔诚来形容。在犹太人的生活里，唯有读书不受任何宗教戒律的限制。

世界上人均读书最多的犹太人有个习俗，就是婴儿出生时，母亲就会在《圣经》上滴上一滴蜂蜜，然后给婴儿舔尝《圣经》上的这滴蜂蜜，意思是在告诉孩子：书是甜的，以后一定要爱读书！

这样一个重视智慧的民族，人口总数不足世界的五百分之一，获诺奖人数却占总获奖人数的五分之一。截至2008年，共有164位犹太人获得诺贝尔奖！

说犹太人多灾多难，相信没有人会反对，多少年来，万千犹太人被迫害驱逐无异犬鸡，二战中更是遭到纳粹的血洗甚至种族灭绝！5000年的民族史，就有2000多年流离失所。在流浪天涯时，他们没有权力、没有地位、没有庇护，他们就是凭着自己的智慧和双手，开创一片天。

可是，就是在这样的灾难面前，犹太人却涌出了那么多如雷贯耳的名字：耶稣、爱因斯坦、马克思、弗洛伊德、毕加索、高尔基、洛克菲勒、海涅……

究其原因，读书，功不可没！

既然读书如此重要，为何我们却发现，在经过数十年的扫盲与教育普及的中国，识字的人的确多了，但读书的人却更少了。这是一个令人痛心并值得深思的现象。

的确，处在社会转型期的中国，在一段时期内“读书无用论”有抬头趋势，但人们必须看清，那只是特定时期内的短暂现象，永远也改变不了“读书改变人生，知识改变命运”这一亘古真理。

读一本好书所汲取的智慧，会给人带来力量、安全和幸福。一个社会的整体内在力量是向上提升还是向下沉沦，取决于这个社会的全体民众智慧之根扎得深还是浅。

人生有三样东西别人拿不走，一是吃进肚里的食物，二是藏在心里的梦想，三是读进大脑的书。

这里的“读进大脑的书”其实指的就是知识或智慧。读书有多重要？且抛开“书中自有黄金屋，书中自有颜如玉”这种稍显“陈腐”的观念不说，但读书的确关系到一个人的思想境界和修养，关系到一个民族的素质。在一定程度上，甚至可以说，一个人的精神发育史，其实就是这个人的阅读史。

正如温家宝总理有一次在与年轻人交流时，鼓励大家多读书，他说：“书，本身可能改变不了世界，但是读书却可以改变人生，而人，却可以改变世界。所以，从某种意义来说，读书就可以改变世界。”

也正如那位伟大的犹太籍作家高尔基所说：文学的目的，是帮助人了解自己本身。提高他的自信心，激发人对于真理的企求，善于在人们身上找到好的东西，使人变得高尚坚强，能用美好圣洁的精神来活跃自己的生活。

而另外三位犹太人的文字也改变了世界或者人类的某一领域——爱因斯坦的《相对论》改变了物理世界；弗洛伊德的《梦的解析》改变了心理世界；格雷厄姆的《证券分析》改变了整个投资世界。股神巴菲特说，《证券分析》这本书改变了他的一生，也改变了整个投资世界。

说到一本书对一个人的人生，究竟影响有多大，我想提一个人，他就是马云。

去年底这个男人，炙手可热。他的阿里巴巴在纽交所上市，让他一跃成为中国的新首富。

很多人都看到了此刻马云在聚光灯下的风光无限，却极少有人知道，他的人生，其实真正的转折，是因为一本书，那就是路遥的《人生》。

1982 年，18 岁的马云参加了他人生中的第一次高考，用他自己的话说：“天生数学细胞少。”虽然英语考了高分，但他的数学只考了 1 分，自然名落孙山。

落榜之后的马云去酒店应聘服务员，人家都没多看他一眼就把他扫地出门了，主要原因当然是他长得过于“那个”了。

像没头苍蝇一样东碰西撞的马云在亲戚的介绍下，找到一个踩三轮黄鱼车帮人送杂志的活儿。蹬着黄鱼车被烈日炙烤，寒风割面的时候，对于未来，他的心里是茫然而无措的，也许这一辈子就这样蹬黄鱼车度过了吧。

然而，一次偶然的机会，他在火车站附近捡到一本旧书，那是路遥写的长篇小说《人生》。

书里那位农村青年高加林一直为了自己的理想而苦苦追求的形象，像烙印一样烙进了马云的脑海里。虽然小说的结尾高加林因为背叛了世俗意义上的爱情，而被迫走入了人生低谷，但乡村青年高加林奋力打拼未来的形象，在马云内心再也挥之不去。

书中那些句子，让他沮丧的内心又重新开始沸腾起来：

“我们出生于贫困的农民家庭——永远不要鄙薄我们的出身，它给我们带来的好处将使我们一生受用不尽。但我们一定又要从我们出身的局限中解脱出来，从意识上彻底摒弃农民的狭隘性，感知更高的生活意义。”

“首先要自强自主，勇敢面对我们不熟悉的世界，不要怕苦难，如果能深刻理解苦难，苦难就给人带来崇高感。”

“连伟人的一生都充满了那么大的艰辛，一个平凡的人吃点苦又算得了什么呢？虽然一生可能不能做出什么惊人业绩，但要学习伟人们对待生活的态度。”

“生活不能等待别人来安排，要自己去争取和奋斗，而不论其结果是喜是悲，但可慰藉的是，你总不枉在这世界上活了一场，有了这样的认识，你就会珍重生活，而不会玩世不恭，同时也会给自身注入一种强大的内在力量。”

……

18 岁的马云读完《人生》之后，做出了一个重要的决定：我要复读，我要再次参加高考！

19 岁的马云，再次走进考场，数学仍是一个拦路虎，数学 19 分，将他拦在大学门外。

他不屈服，再来一次。这次“天生没有数学细胞”的他认真总结教训，想了个笨办法，他把数学书里的公式全部死背下来，考试的时候，把数字往公式里生搬硬套。就用这个“死笨办法”，他考了个 79 分！终于勉强跨进了杭州师范学院英语系的大门，离本科线差 5 分。但他运气好，当时英语系人少，学校临时决定把几个英语好的专科生直接升为本科生。

此后，马云的人生开始慢慢有了起色。而且，此后几十年，他的人生以不可遏制的姿势，在通向牛逼的路上一路狂奔。

也许有人会说：我承认《人生》这本书对马云决心再次参加高考起到了决定性的促进作用，但他以后的人生，是他自己走出来的。

没错，他之后的人生路是他自己走出来的，但是思想这个东西，在人的脑海一旦生根，就很难抹去烙印。

不能否认，此后马云在他的创业过程中所表现出的百折不挠的坚持精神，与他 18 岁那年在内心深处种下的那一棵坚强的种子有关。

他自己也曾说：我们要坚持正能量，乐观地看待问题，我是犯过无数错误的人，在前面 15 年阿里巴巴至少有 100 多次灭顶之灾，我们都挺过来了。我永远相信“相信”，我永远相信未来。我从小到大，没上过一流的大学，连小学、中学都是三流四流的，所以未必没有良好起步、良好基础的人就一定不会赢。有人跟我说他从来没有赢过，我说你赢过，在出生之前你跑赢过几亿颗精子，你才来到这个世界。

……

今天的马云，与多年前那个弯腰弓背，汗流如雨蹬着黄鱼车的沮丧 18 岁青年不可同日而语。

如果说这期间有一道看不见的桥梁相通的话，我觉得那就是路遥的——《人生》。

可以说，一本书完全能改变一个人的一生！读书能让人聪明，读书能让人富裕，读书能让人生的前方有希望的光芒。

甚至，一本好书里一句有用的话就能改变一个人的一生。

而创造这些文字，创造这些精神食粮的文学家们，同样也是活生生的生命。他们同样生活在苍茫人世间，同样是血肉之躯，同样担负着生活的重担与悲欢，同样一天 24 小时。

只是他们的内心里有更细致的巧思。一杯茶、一碗饭、一棵草、一粒沙、一羽燕、一句话甚至一个眼神，都会拨动他们的心弦，促使他们用笔开启一个由平淡到深邃的世界。

他们在走到人生某一点的时候，同样也会如花凋零。

但是，花凋落了，文字仍在，精神仍在。

前一阵子，在重读路遥《平凡的世界》时，读到写迎春花的那一段，依然很感动：

院墙下爆开了一丛金灿灿的迎春花。这就是生命！没有什么力量能扼杀生命。生命是这样顽强，它对抗的是整整一个严寒的冬天。冬天退却了，生命之花却蓬勃地怒放。迎春花，你也会死亡，但你也会证明生命有多么强大。死亡的只是躯壳，生命将涅盘，生生不息，并会以另一种形式永存。只要春天不死，生命就不会死。就会有迎春的花朵年年岁岁开放！

这迎春花多像那些呕心沥血创造文字、创造精神食粮的文学家们，他们也像迎春花一样：就算生命将涅磐，但他们的文字，他们的精神，会生生不息。

这种精神，以另一种形式，永存于一本本书籍的字里行间，永存于无数人们的心中！

读书，如此之好！而我们呢，当说到“读书”时，就会从嘴里冒出一个字：“忙！”

就算日理万机的温家宝总理，也是每天无论多忙，睡觉前一定看书一个小时。

试问，你真的比国家总理还忙吗？

温总理曾说：“也许有人会说，没有时间读书。但是一个人一天总可以抽出半个小时读三四页书，一个月就可以读上百页，一年就可以读几部书。我希望看到人们在坐地铁的时候能够手里拿上一本书静静阅读。”

让我们静下心来，看看两个字吧。

一个是“忙”——“心亡为忙”。

忙得失去了自我，忙得失去了生活的乐趣，忙得只剩下机械的行尸走肉。哀大莫过于心死，心都死了，这样的“心亡”，这样的“忙”，是多么的悲哀。

一个是“盲”——“目亡为盲”

问问自己，你有多久没有在夜晚抬头看看天上的星星与圆月了？你有多久没有停下来看看一朵小花上晶莹的露珠了？你有多久没有看看亲人爱人脸上的笑意了？

如果扪心自问后有了悚然而惊的感觉，那么从这个周末开始，抽两个小时，来思南公馆吧，捧读一本好书，聆听一位或数位智者的睿语。

读者与作家之间面对面、心与心的互动与交流，是一种心灵的絮语，让我们忧烦皆远弃，肝胆俱澄澈。

当珠玉般润泽的颗颗汉字和句句睿语，将智慧与知识的芬芳慢慢浸入你的心时，你会发现，自己忽然变得呼吸停匀。你那颗长久缺氧几近窒息的心，渐渐舒展。

于是，你怀着那颗渐渐舒展开来的心，在静谧优雅、梧桐摇曳的思南路，吟一首小令《天净沙》吧——“洋房花墙露吧，相约午后思南，茶咖书香阳光，围炉絮话，读书忘了归家。”

快乐密码

▶ 文 / 陈袭人

快乐，使生命得以延续。快乐，是精神和肉体的朝气，是希望和信念，是对自己的现在和来来的信心，是一切都该如此进行的信心。

——果戈理

朋友，你快乐吗？你想要快乐吗？你破译过快乐的密码吗？让我来告诉你吧！简单！对，快乐密码很简单，简单就是快乐的密码。

幼童因得到心爱的玩具而欣喜若狂，母亲因子女盛碗饭而笑容满面，老人因儿女看望而幸福万分。

鸟儿因看到一地谷粒而欢喜得叫喳，贫苦的孩子会因一块橡皮而兴奋得睡不好觉，农民因一场春雨而乐得合不拢嘴，拾荒老者为在路边发现一个空水瓶而暗自欢喜。

其实快乐真的很简单。

有个脚架工经过打拼，后来当上了领导。当别人问他两种职业是否有相同之处时，他不无感慨地说：“有啊，都是朝上看。”然而不同的是，从前脚架工的地位虽卑微，日以粗茶淡饭饱腹，但他快乐无忧。如今位居高官，日有酒肉相伴，但却总是忧心忡忡。为什么？原因很简单，当脚架工的他因为自己的劳作得以攀升，越高越有成就感，他为自己的成就而自豪；而为官从政的他因为职位的升迁终日烦恼。因为脚架易攀，欲沟难平。

一个人一但陷入欲望的陷阱，就很难找到快乐，因为他总有实现不了的欲望，人因得而失，贪婪之人快乐难求。

生活中摆正自己在人生坐标上的位置，我们会因前方的目标而产生前进的动力，我们会从奋进中获得走近成功的快乐，我们不应该因奢侈的欲望而放弃自己的快乐，别好高骛远，做好自己身边的事，实现离你最近的目标，挖掘快乐的根源。即使平凡的一缕清风拂面也同样拥有自己的快乐。

快乐是一天，不快乐也是一天，为什么不快乐地过每一天？欲望少些，宽容多些，索取少些，给予多些。

你会看见花儿在艳阳照而绽开笑脸，你会看见枝儿和风吹拂而摆动腰枝，你会看见河水因夕阳的凝视而羞红了脸，你会看见今夜的星空会因你的开心而格外灿烂。

其实快乐就这么简单。好了，朋友们，简单就是快乐的密码，我把快乐的密码告诉了你们，是为与你们同享快乐。好吧，就像歌声中所唱，让我来问大家：“你快乐吗？”真希望大家就像歌中所唱的一起“我很快乐”。

看树，要到冬天

▶ 文／明至尊

朝着一定目标走去是“志”。一鼓作气中途不停止是“气”，两者合起来就是志气。一切事业的成败都取决于此。

——卡耐基

那一年，他十岁。

正是初夏，辽阔的东北平原上，和风涤荡，草木丰美。有一天，他放学归来，在门前种了一棵梨树。厚厚地敷上土，细细地浇了水。夕阳透过树梢斜斜地照过来，小梨树绿油油的随风摇摆。才几天时间，小梨树就扎了根，并抽出了一条鹅黄的嫩枝。他兴奋极了，高兴地叫着：“我的梨树成活了，我的梨树成活了！”

父亲走过来，亲切地抚着他的头。“现在说它成活了，还为时太早。”父亲盯着他，眼睛里似有一颗明星在幽幽闪亮，“看树，要到冬天。”

原来，种下的树，必须熬过一个隆冬，才算是真正的成活。有些树，虽然暂时扎下了根，但是一到寒冬，就冻死了。

于是，他天天盼着冬天快来，他要检验一下他的梨树。

呼呼的北风刮了起来，鹅毛大雪纷纷扬扬地飘了起来，严寒终于锁住了东北大地。那些日子里，他常常透过沾满雾气的窗户看着小梨树。小梨树干干巴巴的一枝，在冰雪的笼罩下，枯黄枯黄的。“怕是死掉了。”他的心莫名地难过起来。

春天来了，他迫不及待地跑到小梨树边，轻轻地折下一根细枝。只见树枝断裂处，白生生水汪汪的，树皮也绿茵茵的。他一下子欢呼起来：“梨树真的活了！”

父亲立在门廊下，含笑不语。

那一年，小梨树一下子窜得老高，第二年就挂了果。从那以后，他学习更加认真了。他的眼中总是浮现出，小梨树立在冰雪中，枯黄枯黄的一枝。

1995 年，他进入铁岭县艺术团学习表演。2000 年，他离开家乡，进入吉林林越艺术团，开始了自己的表演生涯。

就在这时，他迎来自己人生路上第一段艰难的时光。表演时，经常有人起哄，还有人指着名骂他。有好几次，他竟然被人从舞台上轰下来。甚至有观众表示，只要看到舞台上有他，就要求退票。

那些日子里，他天天躲在被窝里流泪。哭到天亮，两只眼睛红得像两颗柿子。对于表演，他真的绝望了。就在他收拾行李，准备回家时，父亲的电话来了。他接过电话，只喊了一声“爹”，就“哇”的一声大哭起来。

父亲语调低沉而宽厚：“娃啊，你的事我都知道。还记得你小时候种的那棵梨树吗？看树，要到冬天；看人，要在逆境。只要熬过冬天，那树就蓬蓬勃勃了……”

那天，父亲说了很多很多，但是只有这句像刀刻一样印在了他的心中。冰雪中，小梨树干枯干枯的样子不停地在他眼前闪现。“我一定要熬过这个冬天！”他在心中暗暗发誓。

他开始认真地学习，刻苦地训练，一年之后，表演慢慢有了起色，他终于熬过了自己“生命中的冬天”。

他叫沈鹤，艺名“小沈阳”。2009年，在央视春节联欢晚会上，他跟赵本山合作的小品《不差钱》，取得了空前成功，他也一举成为了国内第一流的艺术明星。

看树，要到冬天。看人，要在逆境。树，到了冬天，就有了风骨。人，经了逆境，就有了积淀。很多时候，只要熬过了冬天，就迎来了璀璨的人生。

把失败的路再走一遍

文/明至尊

我们应该不要让自己的畏惧阻挠我们去追求自己的希望。

——肯尼迪

演艺这条路，他一直走得不顺。

他是有天赋的！初中毕业不久，他就签约了太平洋唱片公司。跟他一同签约的还有毛宁和杨玉莹。这两位后来都红了，只有他，一直默默无闻。后来，居然连歌也没得唱了，只能沦落为杨玉莹的伴舞。

94年，他离开太平洋公司，来到北京，在酒吧里当驻唱歌手。住在郊区的农民房子里，大冬天的，每天要蹬两个小时的自行车去酒吧唱歌。这期间，他认识了许多同他一样在酒吧里卖唱的朋友，例如周迅、满文军、满江、零点乐队、沙宝亮等。这些人相继大红大紫，又只有他，像一枚干枯的稻草，黯然地，被世界遗忘在一个阴暗的角落。

2000年，通过朋友高虎的推荐，他开始演电影。虽然也演过主角，但是大多都是诸如士兵甲、路人乙的小角色。微薄的片酬，根本无法维持他在北京的生活。他睡过桥洞，吃过饭店的剩饭，捡过垃圾堆里的衣裤。他的内心充满了不甘与酸楚，就如暗夜里的一只狼，忍受着饥饿与凉寒，时不时对着苍天明月一声凄厉无言地嚎叫。

三十岁那年，有朋友劝他：改行吧，演艺向来都是年青人的天下，你不能再耗下去了。又何必在一棵树上吊死？

以后的路到底该怎么走，是改行，还是继续耗？他的内心充满了彷徨。

可是不久他就想通了，继续在各大片场蹭一些小角色。朋友见了，不由感叹："这是何苦呢？"他笑笑："演艺这条路，我虽然一直都不顺，但是却积累了许多经验教训与人脉关系，若是改行，这一切还不都得从零开始！"

就这样，他又开始了艰难的尝试与坚持，事业终于慢慢有了起色。2009 年，他在电影《斗牛》中饰演牛二。有一次拍摄，在一座石头山上，三五百米高。场工上去一回都累得直喘，他却要一个镜头从山底跑到山顶，跑三四十趟。戏拍了 3 个月，鞋子磨破 38 双。

付出总有回报！凭借该剧，他一举夺得第 46 届金马奖最佳男主角。从此，事业步入坦途，仅 09 年，他就参与演出了十部电影。

他就是黄渤，一个俗事历尽朴实无华的山东汉子。

如果方向是正确的，失败的路不妨再走一遍。失败的路，虽然不好走，甚至还会勾起许多惨痛的回忆，但是哪里有沟，哪里有坎，早已了然于胸。相对于那些充满未知与风险的陌生之路，实在好走的多！

“歧视”是把双刃剑

文／明至尊

没有什么不可以通过藐视来克服的命运。

——法国谚语

山尾正男，日本东京人，自幼爱好书法，十二岁就已经在书坛崭露头角。他的作品端庄秀美线条飘逸，又因是左手行笔，所以常能翻新出人意表。日本当代著名书法家西川宁看了他的作品后，大加赞赏，当时就断言，假以时日，山尾正男一定会是一位了不起的书坛名家。

1989年，西川宁先生去世之时，唯一念念不忘的就是这位书坛天才——山尾正男。

可是让人意想不到的是，二十多年过去了，山尾正男居然毫无建树，他就像是从书坛平空消失了一般。一位记者经过多方打探，终于找到了这位当年的天才少年，却发现，他早已不能写字了，因为一拿起笔，他的手就禁不住发颤。

怎么会这样呢?

原来，上中学时，有一天，他正在教室里手舞足蹈地忘情练字。一群同学走了进来，大家纷纷嚷嚷着:“瞧他那样子，活像个小丑!”其中有个女孩子，是他暗恋了很久的，竟然也轻蔑地撇着嘴:“还自鸣得意?不过是小丑而已!”他如遭雷击，僵立当场，从此落下了手颤的毛病。

几个孩子的戏言，居然就毁了一个天才的成功之路，歧视的力量真是巨大!无独有偶，在十九世纪的巴西，也发生了一件关于“歧视”的真实事件。

1932年，曼努埃尔出生于巴西东部的一个普通工人家庭。一生下来，他就左腿向外撇，右腿向内弯。长大后，虽然经过一次腿部的矫正手术，但是他的一条腿仍比另一条腿短六厘米，走起路来，摇摆起伏非常困难，加上他身形瘦小，看上去就像一只小鸟，便得到了“小鸟加林查”的绰号。

上小学的时候，有一次老师让同学们说说自己的理想。加林查勇敢地站了起来:“我想当一名优秀的足球运动员……”话音未落，教室里已是哄堂大笑。就连善良的老师也笑着说:“加林查的想象力真丰富!”加林查咬着嘴唇，眼眶里泪水直打转。但是，他没有哭，他在心中发了一个誓言:一定要成为一名优秀的足球运动员。

从此，加林查开始了刻苦的足球训练，那份坚定与执著，不管谁看了都会动容。常常训练回来，两只脚都已经血肉模糊，连鞋子都脱不下来。妈妈看着直抹眼泪。

1953年加林查凭着精湛的球技，加入了博塔弗戈队。7月19日，在与本苏克森队的比赛中，他一人独进两球，为球队奠定胜局。在效力博塔弗戈队的12年里，加林查2次夺取圣保罗州联赛冠军，3次卡里奥卡锦标赛冠军，参赛581场，共打进232个球。

1964 年，在足球人才济济的巴西，加查林入选国家队。效力国家队期间，加查林更是取得参赛 60 场，52 胜 7 平 1 负的辉煌战绩。

也许，加林查当初说理想是当足球运动员时，不过是孩子的爱好而已，但是，同学们的歧视激发了他的血性，这才把“做一名优秀的足球运动员”当成了奋斗一生的坚定信念。

他人的歧视，其实是把双刃剑，能把人推下地狱，也能把人送上天堂，最终结局怎样，关键还要看我们自身的修为！

成功背后

文 / 朱笑寒

在人的幻想和成就中间有一段空间，只能靠希望来通过。

——纪伯伦

四岁时，妈妈带他去学钢琴，老师弹了一曲，他听了一遍就能复弹出来，老师誉之为天才。从四岁到九岁，他一直在学钢琴，老师极其严厉，他每弹错一个音，“啪”的一声，一棍子已打在他的手背上。五年里，他的手背每天都是青的。回家后，还要练琴到深夜，母亲手拿一根小棍子就站在他的身后。等到睡觉时，十个手指肿得老大，钻心的痛，连掀被子这么一个简单的动作，都是要忍着巨大的疼痛才能完成。他的童年是在汗水与泪水中度过的，少了许多童趣。我真不敢想象，那么小的一个孩子，是如何挺过来的。

十岁时，他开始学习大提琴。爸爸有了外遇，他被送到了奶奶家。那是一个寂寞的乡村，除了清冷的晚风与空旷的原野，只有如泣似诉的大提琴陪伴着他，他变得更加内向和忧郁。

十四岁，父母离婚了。十六岁，由于家庭的变故，对音乐的过于投入，中考时总分才考了一百多分。面对着母亲的泪水，他也茫茫然地落泪。

他开始卖报，用大提琴招揽顾客。几个月后，一个老师路过，惊诧于他琴技的精湛，介绍他进了一所高中的音乐班。十八岁、十九岁，两次高考落榜。又由于长期弹琴，他得了僵直性脊椎炎，现代医学无法根治，从此他常常因为疼痛而冷汗直流。

病痛缓解后，他在一家餐厅当了服务生，几个月后，成了餐厅的钢琴手。后来，在朋友们的鼓励下，他报名参加了台北星光电视台《超猛新人王》大型选秀活动。他自己填词，自己谱曲，创作了一首新歌《梦有翅膀》。比赛那天，他钢琴伴奏，另一个年青人主唱，没想到配合失败，台下倒彩声一片。他泪流满面，不肯下台，对别人而言，不过是一个游戏的结束，但是对他而言却是梦想的破灭。对于一个打工仔而言，这样的机会，一生能有几回。想到伤心处，他放声大哭。主持人上来了，看看他的曲谱安慰他说，小伙子，曲子谱得不错，很有潜力，明天来我的公司上班吧。这位主持人，就是台湾的顶级娱乐人——吴宗宪，阿尔发音乐公司的老板。

进入阿尔发公司后，底薪四百，专门为歌手写歌，曲子被采用后，另有薪酬。大半年后，没有一个歌手愿意用他的歌。在竞争激烈的娱乐界，用一个新人的作品是要担风险的，没人愿意。

他决定背水一战，他要自己演唱自己的歌。他冲进吴宗宪的办公室，请求给他一次机会。吴宗宪被这个年青人的执著感动了，决定给他一次机会，不过有个条件，就是让他在十天内写出五十首新歌。

十天里，他不眠不休，终于写出了五十首新歌。吴宗宪从中精选了十首，发行了他的首张专辑。专辑上市后，大受欢迎，销售一空。从此他成了年青一代的偶像。

他的名字叫周杰伦。

其实第一次听周杰伦的歌，我很是没有好感，我想，这大概是个富家子弟，是家族用大把的钱把他包装捧红的吧。而当我了解了他的成长经历，懂了他光鲜照人的成功背后，那一串串感人至深的人生足迹，再看荧屏上那个活泼玩酷的他时，心中便涌起了深深地感动与钦佩。也让我明白成功非侥幸，所有成功的背后，都有一个满是酸辛挣扎拼搏的故事。

当你对别人的成功充满艳羡或故作不屑时，我想问你，那汗水纷飞血泪交织的奋斗历程，你有吗？

“理想”的副产品

文 / 朱笑寒

骆驼走得慢，但终能走到目的地。

——谚语

小雅是我的儿时好友，今天，我想说说她的故事。

94 年，小雅才 12 岁。在小城的公园里，她遇到了几个写生的美院学生。许是看她可爱吧，几个学生给小雅画了几幅肖像。看着碳素笔在纸上轻快地飞舞，小雅心中崇拜极了。从此，当一名画家，便成了她心中唯一的梦想。

从临摹课本的插图开始，她把所有的时间都用来学画。后来，又去了当地的艺校，再后来，她去了省城的美院，拜一位很有名气的教授为师。小雅对画，是很有天赋的，才两年的时间，她的画，就开始刊登在一些少年杂志的封面上。在小城的校园里，引起一阵不大不小的轰动。

由于小雅一心扑在画画上，中考时，成绩优秀的她，只上了一所末流高中。高考，又是惨不忍睹，连二本都没达上。家中的亲友都在心中叹息，要不是迷上了画画，本来是能上二本的。

没有了退路，小雅更加勤奋地画画。整整三年，她每月去省城的教授那上两节课，其余的时间，全部宅在家里画画。渐渐的，在小城的美术界，也有了点薄名，但是，离小雅大画家的梦想，还很远。

说到小雅，她的母亲就开始叹息，这孩子画画着了魔了，那东西能当饭吃？

后来，小雅的父亲生了重病，失去了工作，一家人的生活陷入了困境。

为了生活，小雅决定放弃画画去找一份工作。那天晚上，看着一屋的画布画笔，小雅潸然泪下，近十年的努力，就这么白费了吗？

经过一些简单的电脑培训后，小雅进了一家广告公司，做视图设计。由于有着多年的美术功底，小雅对色彩有着超乎寻常的感触力。几乎每一幅广告作品出来，都大受好评。一年后，老板开出了年薪十万的高薪。再一年后，一个著名学府的青年讲师，与她携手步入了婚姻殿堂。

虽然，小雅暂时没能成为一名出色的画家，但是，我知道，她所有的努力都没有白费。正是那些看似徒劳的默默付出与努力，才成就了她今天的人生。

努力会产生副产品的，就像小雅。也譬如我，本来是立志当一名作家的，不经意中，成了一名出色的记者。还有邻居珊珊，学了多年的音乐，虽然没能成为一名万人追逐的当红歌星，但是，却成了小城里家喻户晓的声乐老师。

所有年少的梦想都太高远，但是，所有的努力都不会白费。因为，“努力”衍生的那一点点副产品，已足以滋润并成就我们平凡的人生。

人生如鞋

▶ 文 / 朱笑寒

思想和智慧是高尚的美德。

——海塞

这是南方一所著名的高校，这是毕业前的最后一节课，一节哲学课。

教授把学生们带到了舞蹈教室。教授红光满面，笑呵呵地说话了："同学们，你们马上就要毕业了，这节课来开个舞会吧，大家轻松一下，好不好。"

"好！"满教室的学生哄然叫好。一时间教授觉得这一颗颗年青的心如春水般激荡开来。

"不过我有个条件，要穿上我带的鞋才能跳。"教授拉开了墙角一个巨大的旅行包，同学们一看，只见有一包的鞋，有布鞋、皮鞋、运动鞋……各式各样的鞋都有，但这些鞋有一个共同点，大，很大，一般人根本穿不了。

“挑一双吧，穿好了，我们的舞会可就开始了。”教授笑眯眯地看着同学们。同学们看着这一双双特大的鞋，心里纳闷，心想这大概只是一个好玩的游戏吧。在一阵嘻嘻哈哈的笑闹中，同学们终于把鞋穿好了。

教授又规定：谁的鞋掉了，必须穿好再跳。

音乐响起，大家都和着音乐跳起来了。会跳的一下子就找着了感觉，不会跳的也和着音乐，自由地舒展着手脚。只是鞋太大了，一会儿就开始不断有人掉鞋了，舞姿受到了影响。

音乐又响，是节奏感很强的探戈。那些舞林高手本想一展身手，却被脚上的大鞋弄得狼狈不已。相形之下，只有一个人舞姿优美娴熟，有若行云流水。谁呢，就是教授自己，因为他穿着自己那双合脚的鞋。

只见教授身姿矫健，精神焕发，好像一下子年青了好几十岁。

不少同学不由得停下来，对教授的精彩表现报以热烈的掌声。

教授拭了拭额角的汗，示意班长关了音乐。教授对着同学们响亮地问：“这次舞会谁的表现最好？”同学们异口同声地回答：“教授您！”

“你们知道为什么会这样吗？都是这双大鞋给害的吧？”教授的声音忽然变得沉静起来，“是啊，鞋只有合脚的，才是最好的。这个道理大家都懂得。但是，你们知道吗？这个世界上有许多东西都和这鞋一样啊，金钱、权势、房子、车子……这些都是人生的‘鞋’啊，它们并不是越大越好，只有合适自己的才是最好的。同学们啊，你们头顶名校的光环，有那么多学哥学姐的成功案例激励着你们，面对未来，不少同学是铆足了劲，跃跃欲试啊！我不反对大家追求，只是要记住人生如鞋，适合的才是最好的。要是大了，反而会影响你潇洒的身影，矫健的步伐……”

同学们听了，久久地无语。

这就是我表哥大学时的最后一节课，那位教授就是南京大学哲学系林正南先生。

穿越黑暗抓住那缕光

文 / 朱慕尧

莫教桑麻困后人，浮云富贵不如贫，男儿志在安天下，破旧山河再造新。

——杨超

1971 年 10 月，他出生于重庆一个普通的市民家庭。高考落榜后，他当过搬运工人。1991 年 12 月，在一家印刷厂，他成了一名印刷小工，瘦瘦的身子，黑黑的面庞。

每周二早上 8 点钟上班，一直到周四晚上下班。连续三昼两夜，平均每分钟要从机器上取下 1112 张报纸。每 10 个小时，他才能休息一次，时间仅为 1 个小时。紧张得就跟打仗一样，只要手脚稍微慢一点，就会影响下一个环节，就会遭到一顿臭骂。

一个月忙下来，他仅拿到了 23 元的工资。他在日记本中悲伤地写道："我不能一辈子呆在这个地方，这是一个黑暗的地方。要想换个好工作，就得有知识。从头做起，一切都不太晚！”

他报名参加了函授。一边打工一边上课，生活节奏猛然加快，休息时间少得可怜。他尽量压缩睡觉的时间，一有空就看书。实在熬不住了，就把头浸在冷水里泡一泡。仅仅2个月，原本就瘦的他，体重减轻了8公斤！

1994年7月，他终于拿到了南京师范大学中文系专科文凭，这时，江苏电视台在招临时工。很多人不愿去，他去了。他说：“起点低，不怕！”

他每天都透支体力拼命的赶做节目，通宵熬夜更是常事。所有的片子，都是自己剪辑、自己写稿，甚至是自己配音。但他不怕累，每当看着做好的片子，他的心情就像秋日的蓝天一样，明朗极了！

由于长期劳累，1998年春节后，他的头发开始大把大把地往下掉，有时候拔一下，就可以掉下一小撮，所有的人都说这是一场灾难。无奈之下，他索性剃成了光头。

但是，他依然微笑。没想到，这光头配着他的笑脸，显得既聪明又精神。

这种新颖别致的造型，一下就吸引了电视台领导的注意。他被选为新节目《南京零距离》的主持人。在他的努力下，《南京零距离》收视率一路飙升，最高达到17.7%，超过了同时播放的《新闻联播》。2002年，《南京零距离》的广告收入竟然高达5000万元。

他的名字叫孟非，江苏电视台最红的节目主持人之一。

2004年初，孟非被评为“中国最新锐十大主持人”之一。这十大主持人中，除了他，全是央视名嘴！这足以证明，孟非，这个打工出身的主持人，已不输于他这个行业的任何人！

如今，孟非主持的情感类交友节目《非诚勿扰》，迅速在全国窜红，全国收视率达到 3%，创下前所未有的收视奇迹，就连《人民日报》也在4 月 9 日辟出专栏对此进行特别报道。

人的一生当中，总会有一些黑暗的经历；而知识，就是黑暗中唯一的一缕明光。我们要做的，就是在黑暗中积蓄力量，抓住“知识”这缕明光，将人生走向辉煌。

第四辑

Chapter Four

唯美阅读

Weimei Yuedu

灰帐篷上的红补丁

▶ 文 / 陈亦权

怀恨于人，自己也不开心，聪明的人，即使不能把烦恼忘掉，至少不会总是耿耿于怀。

——佚名

一

周六，老师组织同学们去格雷山探险和露营，菲尔德和詹森这对好朋友也在其中。

菲尔德和詹森生活在完全不同的两个家庭。菲尔德的爸爸经营着这座小城里最大的公司，而詹森的爸爸只是一个退役多年的登山运动员，如今只在一家杂货店里做临时工，拿着非常微薄的薪水。

格雷山顶有一块平坦的空地，四周围着半人多高的石栏杆，栏杆下则是陡峭的悬崖。来到山顶后，同学们就打开自己的帐篷开始扎营，刹那间，格雷山顶变成了一个五颜六色的花园。

这时，同学们发现詹森撑起的是一个又陈旧又肮脏的灰帐篷，和这些艳丽的帐篷放在一起，显得非常不谐调，好多同学都嘲笑詹森说这是一只“千年老乌龟”，詹森却不以为然地说：“就算是一只老乌龟，那也是我自己睡的，我自己觉得好就行了！”

菲尔德看着这一切，非常心酸，他知道此刻詹森的心里一定特别难过，于是决定要帮助詹森，他走过去一把拎起那只灰帐篷说：“詹森本来就不打算再要了，他很快就能拥有一只漂亮的新帐篷！”说着，他快步走到石栏杆边，一把将帐篷扔下了悬崖！

詹森想阻止，已经来不及了。菲尔德安慰他说：“你别难过，我马上让爸爸的司机买一个新帐篷给你送过来！”

“我不要新帐篷，我只要这只！”詹森生气地说完，就开始收拾自己的东西。菲尔德见自己的好心被当成了驴肝肺，也没好气地冲着他喊：“给你买新的不要，那我赔你 100 美元总行了吧，你别再生气了行吗？不够的话我就赔 300 美元给你！”

詹森更加生气了，他扭头对菲尔德说：“你太让我失望了，你以为 300 美元可以买到一切吗？”说完，也不顾老师的劝阻，独自下山回家了。

二

其实，这是一只珍藏了好多年的旧帐篷。

詹森的爸爸在年轻的时候是一位出色的登山运动员，有一次，他在攀登阿尔卑斯山的时候，途中遇到了大雪崩，爸爸从高处随着崩塌的雪跌落下山崖，埋在了雪下，虽然他最终艰难地从雪下爬了出来，但却几乎失去了所有的食品和登山工具，只有那只帐篷，在几十米外的雪地上露出了一只角。

爸爸没有吃的也没有喝的，进退两难，如果是往回走，那就意味着前面好几天的努力都化为泡影，而如果继续往前走，没有食物，如何能坚持走到终点？爸爸考虑了好久之后，决定继续往前。他告诉自己说："我还有一个帐篷，虽然没有食物了，可我毕竟不用露天睡在雪地里！"

就在这种信念下，爸爸饿了渴了就吃雪，累了就打开帐篷睡觉，整整五天，他终于攀上了峰顶！

从此，那把破帐篷就被爸爸当成了一种顽强、不认输、不放弃精神保存了下来，现在，詹森一家虽然生活在贫困之中，但是每个人的心中都充满着希望，因为无论怎么穷，最起码他们还有一个家，还有一只汇聚这种精神的帐篷！

但是现在，这只帐篷没有了，它被菲尔德扔到了悬崖下！

其实，伤心的不仅仅是詹森一个人，还有菲尔德。他真的没有想到詹森居然这么不识好人心，而且还这么贪心，一把破帐篷赔300美元还嫌不够！

三

周日一早，菲尔德睡醒后依旧地躺在床上长吁短叹，他的爸爸就走过来问他发生了什么事情。菲尔德说："爸爸，给我500美元！"菲尔德心想，詹森嫌300美元不够，那大不了就赔给他500美元！

"给你500美元？"爸爸惊愕地张大了嘴巴，"你要这么多钱做什么？"

菲尔德接着就把事情的经过一五一十地告诉了爸爸，爸爸听后说：“我倒觉得詹森未必就是你说的那种人！你知道爸爸为什么能经营好一家全城最大的公司吗？因为我懂得尊重每一个人的想法，尊重并且理解别人的每一个选择，我还愿意去倾听每个人的心里话，所以我与每一位客户都建立了良好的友谊，而这也正是我做生意能成功的原因，事实上，做生意和做人也是一样的道理！”

爸爸接着语重心长地说：“那么你接下来反思一下，你有没有哪些做法是不够好的？”

菲尔德按照爸爸的提示想啊想，终于，他眼睛一亮，兴奋地说：“我终于明白了，我之所以会让詹森生气，是因为我没有尊重和理解他的想法和选择！”

爸爸微微一笑，点了点头说：“那你觉得现在应该做什么，你还要问我拿 500 美元吗？”

菲尔德羞愧地挠挠头皮说：“那样做只会让詹森更加生气，我想我现在应该做的事情是去格雷山下找到那只帐篷！”

四

詹森也没心做作业。他合上作业本想去格雷山下找那只帐篷，结果刚打开门，就看见菲尔德和他的爸爸往这边走过来。菲尔德的手中，拿着那只昨天被他扔下山崖的旧帐篷。

“詹森你好，我已经把你的帐篷找回来了，这只帐篷对你来说一定特别珍贵，虽然我之前是想让你拥有一只新帐篷，但是我却不够尊重和理解你，请你原谅我！”菲尔德说。

詹森又开心又羞愧，开心的是这只帐篷失而复得，羞愧的是原来菲尔德是想帮他买一个新帐篷，而不是在用钱来欺负他！这时，菲尔德好奇地问："你能告诉我为什么你如此珍爱这只帐篷吗？"

詹森把关于这只帐篷的故事说了出来后，菲尔德的爸爸朝菲尔德看了一眼说："你看，我没有说错吧！"菲尔德羞愧地低下了头。

詹森说："其实我也有错的地方，怎么说你也是为了帮助我才这样做的，是我不够理解你！"

菲尔德更加羞愧地说："不，错的是我，无论我是不是出于好意，我的方式总是不够好，这件事情让我明白一个道理，哪怕是好心，也要讲究一个前提，那就是尊重对方，否则同样是会伤害到别人！"正说着，菲尔德忽然想起一点什么，说："非常抱歉，帐篷被刮破了一个洞！"

詹森笑笑说没关系，他转身到屋里找了一块像手掌一样大的红碎布，两个人齐动手，在帐篷的破洞上打了一个大大的补丁！

菲尔德的爸爸看着他们俩，又看看那只灰帐篷上的红补丁，欣慰地说："简直是太完美了！这只帐篷象征着一种积极和拼搏的精神，而这个红色的补丁就像一朵鲜艳的红花，它象征着世界上最美好的友谊！"

菲尔德和詹森相视一眼，都笑了。他们都为了能找回这只帐篷而笑，为了重拾几乎失去的友谊而笑，更为收获到与朋友相处的交际之道而笑——多一点理解，多一点尊重，多一点沟通，多一点宽容，多注意一点方式，这所有的一切，都是滋养友谊之花绽放的养料！

一个个苦难一个个琴键

▶ 文 / 胡涂

意志坚强的人能把世界放在手中像泥块一样任意揉捏。

——歌德

许德旺的家在江苏省高淳县农村。父母守着薄田，父亲闲时打工挣零花钱，母亲操持家务，他则无忧无虑地读书。一家三口，生活虽不富裕，但日子过得还是温饱平安，井井有条。

可在许德旺 13 岁的时候，这种家庭的平静被打乱了，他的生活自此便与一个“苦”字分不开。

那年，在工地上打工的父亲出了事故，半个身子被卷入搅拌机，从此完全丧失了劳动能力。家庭的经济支柱轰然倒下，母亲不得不一边照顾父亲，一边没日没夜地从镇上的服装厂接活挣钱。

祸不单行，许德旺 17 岁那年，38 岁的母亲被确诊为胃癌。

家庭连遭打击，许德旺的读书生活不再无忧，他必须要挑起家庭的重担，学做家务，更要照顾父母。

18岁时，母亲做完第二次大手术，许德旺一边精心呵护着母亲，一边三更灯火五更鸡地刻苦学习。那年8月，他以优异的成绩被东南大学材料学院录取。

历经家庭生活的大苦大难，许德旺学习的活力反倒更加旺盛。大一，许德旺担任班长，学习成绩在同学中遥遥领先。大二开学前，在把厚厚的《东南大学高等数学试题集》《CET4/6试卷集》"翻烂"之后，他成功转入学霸众多的土木工程学院。在土木学院，许德旺仍旧名列前茅，还长期担任班长。

说起许德旺学习的刻苦，室友们这样形容：他是地道的"神出鬼没"，大家都睡了，他还在做作业；别人醒来，他早已坐在桌前学习。

学习上的苦对许德旺来说根本不算苦，苦的是他还必须挣够每月的生活费。他的生活费是最低的，每月400元，其中320元是勤工助学挣来的，其他部分来源于奖学金。

纵使这样，许德旺瘦弱的躯体里仿佛还是蕴藏着无穷的活力。大二时，他带头创建了"玩转舞台工作室"，在校内为演出场所提供免费的灯光、音响、舞美和技术支持。半年后，他的社团包揽了全校所有大型演出的技术支持，并获评"东南大学我最喜爱的学生社团"。

一切都没有苦倒许德旺。母亲的病情越来越重，许德旺不停地穿梭于学校、医院和家之间，经常上午在高淳县农村、下午陪母亲到医院，晚上又要回学校学习。

尽管如此，许德旺的学习几乎没有受到影响，成绩仍然优异，稳居班级前三。大四，他成功获得学校的保研。一边是学业上的喜讯，可另一边却传来噩耗，母亲病危。等他赶到母亲病床前不久，母亲就永远地闭上了眼睛。

只有小学文化但却心有大爱的母亲在临终之际曾叮嘱儿子："我只有一双眼睛是好的，你帮妈妈把它们捐给需要的人吧！"在母亲离世1小时后，许德旺强忍悲痛，拨通了南京市红十字会的电话，请工作人员来取眼球。

妈妈一个人的眼睛让3个人看清了这缤纷的世界。许德旺再次潸然泪下，感动于母亲朴素的大爱，他也想着，要多为社会献上一份自己的爱心。

在母亲去世后的第5天，许德旺报名参加研究生支教团，以第2名的成绩入选，到内蒙支教。南京青奥会举行时，通过选拔，他成为NOC志愿者。赛事期间，他每天只能休息四五个小时，早晨五点起床，晚上11点多才能返回宿舍。回来后还要统计第二天上岗的人数，做第二天的工作总表。

在东南大学，许德旺是最有名的"志愿名片"。因为他表现突出，被评为"江苏省百名好青年"，青奥会大赛组委会授予他"青奥会明星志愿者"和"行政精英"的称号。2015年1月，经过层层评审，许德旺最终被评为2014年度"中国大学生自强之星标兵"（全国共10名），获奖学金1万元。

说起许德旺的过往，同学好友颇为感慨，说是跟他认识这么多年，很难想象他曾经经受过那么大那么多的痛苦磨难。纵使苦难再多，可他从未怨天尤人，而是把这路途中的一个个苦难踏成了一个个琴键，听到的都是乐观的节拍。

何江：从农村孩子到哈佛第一

▶ 文 / 胡涂

> 谁有历经千辛万苦的意志，谁就能达到任何目的。
>
> ——米南德

哈佛大学，公认为国际顶尖高校，其一年一度的毕业生演讲倍受世人瞩目，而能站上这个舞台演讲则被视为哈佛学子校内最高荣誉。

2016 年哈佛毕业生演讲于 5 月 26 日举行，代表万名毕业生站上演讲台的是一位中国人，他叫何江。据哈佛校方证实，何江是第一位享此殊荣的中国大陆学子。

想在哈佛的毕业典礼上演讲，何江经过了三轮“竞争”，才从上百名申请者中脱颖而出。何江说，申请第一轮的时候，要提交相关科研成果和演讲稿件。在提交了这些材料之后，他心里很是忐忑。很快，他被告知进入了第二轮评选，此时竞争者只剩下十人左右。第二轮是演讲，当时有十位不同专业的教授坐在下面听他演讲，然后进行讨论。幸运的是，他又进入了第三轮评选，并最终成为最后 4 名竞选者中的唯一胜出者。哈佛历届演讲代表大多是文科生，本次演讲竞选中，最后一轮的三名竞争者都是来自肯尼迪政治学院，只有何江是理科生。胜出的何江谦虚地说，他提出不同的理科视角，可能是打动评委的关键原因。

哈佛每年的毕业演讲，除了1名竞选出来的毕业生外，学校还会邀请知名的嘉宾参与演讲，比如之前就邀请了比尔·盖茨、《哈利·波特》的作者J·K·罗琳、著名女演员娜塔莉·波特曼。今年，著名导演史蒂文·斯皮尔伯格受到邀请，演讲那天，何江于这位两获奥斯卡金像奖的大导演同台，并握手交谈。

何江究竟背景几何？如何在非母语的环境中赢得演讲机会，从而代表华人留学生在享誉世界的舞台发出中国好声音？

1988年，湖南省长沙市宁乡县的一户农民家中，何江呱呱坠地。与村里其他农户明显不同的是，虽然家里经济条件一般，但何江的父母却有个坚定的信念——不能为了打工挣钱，而让儿子成为“留守儿童”。

说起小时候，何江印象最深的是，外出打工的人家都是砖瓦房，而他家一直是土坯房。别人家的孩子有玩具有零食，而他爸爸给他最多的是睡前故事。无论白天农活干得多累，爸爸都会在睡前给他讲故事。几乎所有的故事，都离不开一个主题——好好学习。爸爸虽然高中都没毕业，但也不知道在哪里找来那么多的中国传统故事。上大学后，何江有一次问起爸爸方知，很多故事都是他瞎编的，目的只是想告诉儿子，只有读书才能有好的出路。除了讲故事，爸爸对他的学习要求也很严格，作业做完了，必须继续看书自习。有时，学习疲惫了，想偷懒，便会遭到爸爸的呵斥。何江想着外面疯玩的伙伴，觉得很委屈。这时，妈妈总是送来和风细雨的安慰。妈妈虽然没读过书，但她不喜欢与别的妇女那样，三五成群地在一起，东家长西家短地唠叨，她喜欢陪在读书学习的儿子身边，尤其是爸爸的严斥之后，她总是以“先苦后甜”温暖儿子。久而久之，何江便有了自信，苦一点不要紧，“甜”在后头等着他呢！

在严父慈母的教育下，何江真的是尝到了学习的甜头。从小学到高中，都是老师们的“骄子”。高考那年，他以优异的成绩进入中国科学技术大学生物系学习。大学毕业后，他先后拿到美国哈佛、约翰霍普金斯、普林斯顿等大学的offer，最后，他选择了哈佛。

到了哈佛大学，令何江焦虑的是英语不够地道，有浓浓的“中式”味。而他的圈子又多为中国学生，如此，很难找到机会练好英语。于是，何江硬着头皮，申请给哈佛的本科生当辅导员，这样便可以改变学英语的环境。从入学第二年开始，何江给哈佛的本科生做辅导员，这种方法让他的英语表达方式很快从“中式”转到了“美式”。到了读博士期间，他便可以用“美式”英语给哈佛本科生上课了。这次的毕业演讲竞选，何江首轮的材料申报及第二轮的演讲，其地道的英语表达令评选专家一致颔首称赞。

哈佛毕业典礼的演讲，每年只有极少数的中国学生敢于申请。何江的导师深知何江的功底，曾鼓励何江：“去试试吧，没什么好丢脸的。”何江说，这位美国教授，像他的妈妈，总是给他自信，激励他成功地站上了哈佛的演讲台。

站上哈佛演讲台，何江以《蜘蛛咬伤轶事》为题，结合家乡元素，以自己亲身经历的“火疗”轶事开篇。引出对先进科技在世界各地分布不均的担忧，表达自己作为未来科学家改变世界的志向，赢得台下阵阵掌声。

其实，何江在毕业前就曾回绝华尔街30万年薪的邀约，他还要到普林斯顿深造，继续自己对生命科学的研究，实现演讲中所说的让“科技知识更加均匀的分布”。在国内记者的连线采访中，何江请采访他的记者传递他的声音：教育能够改变一个人的生活轨迹，能够把一个人从一个世界带到另一个不同的世界。希望自己的成长经历，能给农村学生一点鼓励，让他们看到坚持的希望。

爱因斯坦的“表情包”

▶ 文 / 胡涂

塑成一个雕像，把生命赋给这个雕像，这是美丽的；创造一个有智慧的人，把真理灌输给他，这就更美丽。

——雨果

爱因斯坦从事科学研究非常投入，不修边幅、喜欢孤独，不愿受任何无意义的打扰。虽然，他的那种孤独曾深深地影响了他与他最亲密的人的关系，但是，他并不打算修复。他说，从事情深理论研究本身需要清静，科学家对工作环境的标准要求就是不受干扰，便于全身心的投入。岁月静流，更加深着他对孤独的热爱与享受。越如此，他越对那种喧闹的、没意义的或意义不大的应酬十分反感、讨厌。

他不愿让人家宣扬自己，尤其不愿意人家把他的照片登到报刊上，所以他对那些不知疲倦的、热心的摄影师特别不友善。他总是抱怨这些人剥夺了他隐姓埋名追求清静生活的权利，他谴责他们使他每天都遭到麻烦。

正因如此，摄影师想拍一张他的标准照很难。有一次，一位摄影师好不容易抓到了一个良机，正给他拍照。爱因斯坦突然发现了，知道躲是来不及了，他就故意做起了破坏良好形象的举动：冲着摄影师张大嘴巴吐出长长的舌头，并睁大眼睛做起鬼脸。

起初，摄影师为爱因斯坦的不但不配合还有意捣乱破坏的行为感到遗憾、无奈、懊恼。后来，摄影师想了想，反正得不到爱因斯坦的配合，拍不到想要的标准照片，索性就把这张照片发了吧。没想到，摄影师镜头下的这张伸着舌头、一头乱发的照片在报上登出以后，竟然成了香饽饽，各国出版界争相印刷、发行，广泛张贴于科研单位、学校等，而且成为了教育宣传画的经典，至今热销。谁也没想到，这张照片竟成了爱因斯坦的传世“表情包”。

爱因斯坦“表情包”的背后，是他可爱的拒绝与坚守：拒绝喧嚣，拒绝名利；坚守清静孤独，坚守科研热情。当然，爱因斯坦并不是为“表情包”而拍这张照片的，但无意中却成就了一个经典“表情包”，这是人们对爱因斯坦拒绝与坚守的敬仰。

追求公平的王子

▶ 文 / 陈亦权

公正不但必须做到，为了令人信服，它还必须被人看到。

——比奇科默

卢森堡的佩特罗斯大峡谷是世界最著名的风景区之一，每年都会有数以百万计的国内外游客到那里去观光旅游。

2015 年初的一天，一场大雪过后，20 岁的安德莱和他的两个朋友一起，来到佩特罗斯大峡谷游玩。安德莱是一位摄影爱好者，正在他举着相机到处取景的时候，突然，不知道从哪儿飞来一个雪球，砸中了他的头顶。年轻气盛的安德莱遭到这一“击”，顿时来了脾气，他看看四周大声喊：“是谁扔的雪球？”

这时，一位年龄与他相仿的小伙子面带愧色走了过来，他一边帮安德莱拍打身上的雪，一边连连道歉，他指着不远处的一位女孩子说：“我正在与我的表妹扔雪球，是我不小心扔到了你身上，我向你道歉，并且愿意

承担损失！”

安德莱隐隐约约觉得这位小伙子有些面熟，似乎在哪儿见到过，但他此刻怒气在心，也管不了那么多，他冷笑了一声对那位小伙子说：“你向我道歉，并且承担我的损失？那我打你两拳，然后向你道歉，并且愿意承担损失，你愿意吗？”

那位小伙子微笑着说：“如果你是无意的，我会接受，但如果是有意的，我不会接受！”

安德莱听了他的话，心里非常不满意，他决定要教训一下眼前的这个年轻人，就挑衅说：“我们来摔一跤，如果我输了，我接受你的道歉，如果我赢了，你就别怪我把你的脸揍成一个面包！”

那个小伙子想了想，爽快地答应了。就这样，两个年轻气盛的小伙子来到一片空地上，准备摔跤，这时，那位年轻的姑娘跑到小伙子的身边说：“你要和他打架？”

小伙子说：“你在旁边看着就行了，如果我受伤了，你帮我叫救护车！”他接着又对安德莱的同伴们说，“如果他受伤了，你们也帮他叫救护车！”

年轻的姑娘见劝他没有效果，就对安德莱说：“你们别打架，他是……”

话还没有说完呢，那位小伙子就大声喊：“你别捣乱，走一边去！”

年轻姑娘没办法，只能退回到一边。随后，两位小伙子就纠缠在一起，摔起了跤，围过来看的旅客也越来越多，终于有人打电话报了警。

几分钟后，两个人摔跤还没有分出胜负，警车却已经来到了，他们被带进了当地的一个警察局接受审问。在要求出示身份证后，警察们惊讶的发现，这个参与打架的年轻小伙子，竟然是当今卢森堡亨利国王的第三个儿子，也就是卢森堡大公国的三王子路易斯·亨利！

安德莱直到现在才意识到，原来自己是在和王子打架，他连忙对路易斯王子说：“你为什么不早告诉我呢？”警察们也不解地问路易斯王子：“为什么要打架呢？无论遇到什么事，你只要说出你的王子身份就行了！”

路易斯王子笑笑说：“如果都是用家族的身份来压倒别人，你们觉得这样做对我们的国民公平吗？我与他打架，才是真正的公平，真正的尊重！”

最后，路易斯和安德莱一起，被双双处以“做义工 24 小时”的处罚。这件事很快传到当地媒体人的耳朵里，他们纷纷把路易斯王子的话称作是“最另类、最真实、最感人的公平论”。

一个人的合影也精彩

▶ 文/秋月春风

我只担心一件事，我怕我配不上自己所受的苦难。

——陀思妥耶夫斯基

说她孤独，地地道道，因为大学毕业合影时，只有她一人，能说不孤独吗？

一个大学毕业生，毕业照上怎么只有一人呢？其实，不单是毕业照，从大一到大四，她所学的专业都只有她一人。

她的专业是古生物学。看她一个人的毕业照，黑色学士服、学位帽，一副宽边眼镜，表情严肃、冷峻，毕恭毕敬地站立，还真有远离现代喧嚣的古生物范儿。

她叫薛逸凡，1992出生于北京。说起对古生物学的兴趣，那还要从她小时候说起。

薛逸凡自小生活在宽裕的家庭环境里，她喜欢看动画片《猫和老鼠》

《黑猫警长》《西游记》等，还喜欢看《探索》《荒野周末》这样的纪录片。和大部分同龄的孩子一样，薛逸凡也喜欢在吃饭的时候看这些节目。但有所不同的是，她的父母从不规定“只能从几点看到几点”，有时她甚至可以抱着作业本盯着电视看。尽管她把眼睛看成了高度近视，还看坏了家里的两台录像机、两台 VCD 机和一台 DVD 机，父母还是依然一如既往地买光盘。父母从未要求她“该去干什么”或“不要去干什么”，他们只是说，有兴趣就好，喜欢就好。

动画片和纪录片激发了薛逸凡对自然界的好奇心。记得有一种花，味道闻上去很糟，她就觉得奇怪，同样是花，为什么这种花就没有诱人的香味呢？她想象，味道很糟的花一定不是好花，所以，她就对小伙伴们说，这样的花会吃人的。但她知道，自己的“理论”说服不了小伙伴，甚至连自己也说服不了，于是，她就有了进一步寻找答案的欲望。

一路寻根问底，薛逸凡感觉大自然就是一个谜。初中时她就爱上了生物课，高中时曾获全国中学生生物学联赛北京赛区一等奖。进入高二后，她知道了古生物学，而北大是她当时所能查到的唯一开设了古生物学本科专业的学校，所以，她立志要考进北大。2010 年高考，薛逸凡的高考成绩是 664 分，低于北京大学元培学院古生物学的录取分数，按照第二志愿可以进入北京大学的地空学院地质系，但因为她对古生物学的热爱，促使她横下心来，找到自己的高中老师，想让他们帮忙。她想，她所读的北京市第十一中学是京城的一所重点中学，与北大同在首都城市，老师一定与北大老师相熟，说不定能联系调剂一下。薛逸凡想对了，当北大元培学院的院长得知竟有这样一位热爱古生物学专业的女孩，非常爽快地答应了可以调剂。现在说起这事，薛逸凡说真的很感谢那位院长。

北京大学元培学院古生物学专业，这是全中国唯一的一个人的专业，差不多每个年级只有一个人，还有的年级人数是零。薛逸凡成为2010级唯一的一人。

一个学生，十几个老师，岂不是众星捧月？实际情况并非如此，相反，薛逸凡往往是孤军奋战，不是老师围着她，而是她要主动找老师，花费的精力比其他专业的学生更多。

在元培学院古生物学专业，学生不仅要修满公共必修课、平台课、本科通识教育课，还要修48满个学分的专业课，涵盖地质学、生物学等方面。身为古生物学专业的学生，薛逸凡拥有双院选课权，即可以在生命科学与地空学院同时选课。但问题是两个学院的课程安排时间上多有冲突。这种情况本可上报申请调整，但她作为古生物学专业的仅有学生，难以动员别的院系协调。这样就直接导致她听的课不能顺承，而是颠三倒四，经常是先修高级课程，再修基础课程，逼得她只好额外自学。还有闹心的是，虽然拥有选课权，但薛逸凡的学籍仍归元培学院。因此每次借实验器材都遇到困难，地空的学生可以从地空器材室长久借出器材，而她则无法借出，导师曾亲自领她去借器材，但最后也无法解决，不得不抵押她的学生证。最后薛逸凡的常用器材都是自己买的。

一个人的专业，没有同学间的资源共享，所以，薛逸凡必须自己找所有资料，自己从书中解决所有问题，自己完成所有作业，不能忘记课堂上的每一个通知，因为你忘了之后无处询问。同时，她要了解三个学院所有信息来源地，同步地活在三个学院中……

一个人的坚守有些无奈，但一个人有坚守也很精彩。

薛逸凡的坚持无意中培养了她极强的独立性和忍耐力。初入北大，她因成绩不高没有拿到新生入学奖学金，但进入北大后，热爱加上自强自立，她成绩节节高升，年年拿到奖学金。薛逸凡不只是死读书的人，她的科研能力也很强，已经发表了一篇国外 SCI 期刊学术论文，本科毕业论文也获得了 96 分的高分。2014 年毕业之际，薛逸凡相继收到了美国卡耐基梅隆计算生物学硕士专业、宾夕法尼亚大学环境生物学硕士专业、加州大学戴维斯分校古生物学博士专业等 6 个院校专业的 offer，最后，她选择了去美国卡耐基梅隆大学攻读计算生物学硕士。

现代人都很现实，都追热门，你为何独选无人问津的冷门，你不觉得孤独吗？面对无数次这样的疑问，薛逸凡有着古生物般的冷静，她说，生物如同人类社会，也有自己的历史，研究它的演变发展，意义非常重大，这也是她的兴趣所在。她不会看着别人功利的眼光选择专业，只要是社会需要的，是她喜好的，她就会选择并坚守。意义在、兴趣在，孤独就不在，梦就在。

因为不孤独，所以薛逸凡一个人的合影照样精彩。

总理为“眨眼”道歉

文/秋月春风

老老实实最能打动人心。

——莎士比亚

2014年5月21日，澳大利亚总理阿博特参加澳大利亚广播公司的电台节目，与来电话的选民进行互动。其间，他接到一位女士电话后，不知何故，竟眨了一下左眼，并露出诡异的微笑。紧接着，总理似乎意识到自己的行为不合时宜，立马抿住嘴巴、双眼圆睁，盯着摄像机，摆出一副严肃的表情。但一切都太迟了，这张眨眼又兼怪笑的照片第二天便出现在几乎所有澳大利亚报纸的封面上，在社交网络上也广为流传。

打电话的女士名叫歌莉娅，今年67岁，体弱多病，经济窘迫，她是就总理提议的退休金改革及引入7澳元（约合40.5元人民币）问诊费的事宜向他发出责备的声音。歌莉娅说：“当我付完房租后，我只能靠400澳元左右过2周，剩下的日子我需要提供电话性服务才能维持生活。”

总理阿博特的眨眼和怪笑就是在这样的背景中出笼并迅速引发巨大争议的。事后阿博特辩解，他当时是对着节目主持人费恩在眨眼睛，示意主持人接听电话。阿博特的团队也顺承着阿博特的辩解，一再强调，阿博特的眨眼只是在向主持人示意自己很乐意继续和来电者沟通。团队里的外交部部长毕晓是阿博特内阁唯一一名女部长。她在接受澳大利亚ABC电台采访时也表示，阿博特眨眼睛并没有性别歧视的意味，眨眼睛只是示意主持人继续接听电话。毕晓还指出，阿博特非常尊重她和其他内阁部长，她自己曾在一些充满性别歧视意味的环境下工作，而内阁不是其中之一，但阿博特都没有任何歧视表现。

尽管如此，阿博特还是招来各方的批评与指责。网友和政客们纷纷就此事耻笑阿博特，抨击他对一个生计困难的老妇人不够尊重，甚至还抱以猥琐的眨眼和怪笑。澳大利亚前总理吉拉德批评阿博特就是一个彻头彻尾的“厌女者”，这也不是他第一次被指责“不尊重女性”了。《华盛顿邮报》评价，凭借这次眨眼，阿博特已跻身“世界上最令人讨厌的总理”。在社交网站上，“眨眼门”也成为热门话题。有网民调侃，自己向女友抛了一个“阿博特秋波”，结果马上被甩了。5月22日早上，歌莉娅在接受ABC主持人西蒙斯的采访时，她用“愚蠢”来形容阿博特。她说：“他很蠢，因为如果他没有眨眼睛，我所说的话也不会受到如此大的关注。”当主持人西蒙斯把“眨眼门”形容为“怪异的事情”时，却遭到歌莉娅的反对，歌莉娅说：“不能用怪异来形容，应用肮脏和虚伪。”歌莉娅同时表示，她很高兴看到“眨眼门”获得媒体广泛关注，因为这让人们关注“财算案”对澳人生活产生巨大压力的问题。

阿博特很快意识到自己的眨眼和微笑是对弱者的一个很大的伤害，是对弱者工作的歧视，他对民众犯了一个大错。于是，他主动与电视台预约，就在他“犯错”的第二天早上，他出现在了澳大利亚第九频道上，表示“眨眼门”是一个大错误。他诚恳地忏悔道：“我不应该这么做，我本应该把注意力集中在听众电话上，而不是节目主持人身上。我所犯的错误是令人遗憾的，我会从中吸取教训。”

即便这样，近来，总理阿博特在民调中的个人支持率还是显现出大幅下滑的趋势。看来，澳大利亚人对总理的一言一行都非常关注，总理要想赢回支持率，不是覆水难收那样的不可能，但也不是诚恳的一声道歉就能过得了关的。既然民众关注总理的一言一行，那总理肯定就要以自己的一言一行来证明了。

不是学霸不混科幻圈

文 / 胡歌晓畅

拥有梦想只是一种智力，实现梦想才是一种能力。

——佚名

有人说，雨果奖是科幻小说界的诺贝尔奖。可喜的是，2015 与 2016 年，中国连续两年坐起了庄家，先是刘慈欣以《三体》折桂，后是郝景芳凭《北京折叠》夺魁。因之，国人荣耀，世人侧目。

都获诺贝尔奖了，读者便好奇地扒作者来看。这一扒读者们瞪眼了，原来这二人都是学霸一枚。

先看 80 后郝景芳，中学时获得新概念作文奖，高考时她拒绝了北大中文系的邀请，愣是考上了清华物理系，后来又读清华大学物理学硕士、经济学博士。文理、社会经济学通吃，在学霸的道路上可谓一骑绝尘！多年的学习经历，广阔的学习背景，深厚的知识功底，造就了《折叠北京》里对社会问题深刻而尖锐的剖析。

再看刘慈欣，他是1985年华北水利学院毕业的，作为80年代初的大学生，当年的高考录取率只有10%，按照今天大学的录取率已达80%左右推算，你说人家是不是学霸？

科幻小说的作者是学霸，这种现象不独是咱中国，国外也是如此。

“银河帝国三部曲”的作者艾萨克·阿西莫夫，他是哥伦比亚大学的生物化学博士，读博期间成绩优秀，还参与过原子弹试验。博士毕业后，在大学里当着副教授，教书多年后才开始专职从事科幻写作，很快便有了享誉全球的阿西莫夫。

《侏罗纪公园》的作者迈克尔·克莱顿，先是在哈佛读了人类学，后又跨专业读了个医学博士，本来可以成为美国高收入人群的医生。但他总有一颗欲罢不能的科幻心，先是看科幻，满脑子科幻跑马，最终按捺不住那颗驿动的心，弃医从文，开始了科幻小说的创作。

且不说写作科幻小说了，就连把《三体》《北京折叠》翻译出来推向世界的刘宇昆也是响当当的的学霸一个。他是哈佛大学的法学硕士，现在波士顿从事律师的工作，业余写作并翻译科幻小说。

从1999年起，英国著名的科学杂志《自然》开始首次登载科幻小说，这意味着科幻不是魔幻，更不是玄虚，而是有科学的因子，科学界希望加强科幻与科研的联系。

然而，在《自然》杂志上发表科幻作品的作者也多数是学霸，除了上面提的作者和译者刘宇昆，在《自然》杂志发表多篇小说的新加坡作者格蕾丝·唐是斯坦福大学心理学博士。首位在《自然》发表科幻小说的中国籍作者李恬是清华大学生物学硕士，另一位在《自然》发表作品的中国作者80后夏笳先是考入北京大学物理学院，毕业几年后又获得北京大学中文系比较文学专业博士学位，现为西安交通大学人文社会科学学院中文系讲师。

如此看来，科幻小说圈可不是微信朋友圈，随便什么人打个招呼就能进的。为什么？

科幻小说写作要求极高，除了要写得足够吸引人，写作时还要涉及大量的专业知识。除了知识储备非常丰富的学霸外，其他人难以驾驭。你看看那些个科幻小说作者，基本都是文理通才，之外还有更广博的知识。科幻小说是文科与理科结合的产物，科幻作者不但需要“跨界”，还要把故事情节和科学知识天衣无缝地融合在一起。这种无缝衔接要求拿捏好科学与文学的平衡，如果重文学而轻科学，极易成为莫言、琼瑶；如果重科学而轻文学，则会故事无趣，没有可读性。倘若把握不好这个度，文学与科学不能水乳交融地相互渗透，那科幻小说就成了空调机，一个成了另一个的外挂。能避免这种情形的，也只有学霸了。还有难得的是，学霸们善于观察，善于思考，不但能把专业写成科幻小说，还能把小说写得扣人心弦，比一些专业出身的作者写得都好。

所以，没有学霸的功底，千万别在科幻小说的圈子里混。

为单脚鞋开一家“银行”

▶ 文 / 胡歌晓畅

年轻时，我的生命犹如一朵花——当春天的轻风来到她的门前乞求时，从她的丰盛中飘落一两片花瓣，但你从未感到这是损失。现在，韶华已逝，我的生命犹如一个果子，已经没有什么东西可以分让，只等待着将她和丰满甜美的全部负担一起奉献出发。

——泰戈尔

辽宁省鞍山市铁西街头，一个摆着各式各样新鞋的鞋摊吸引了行人的围观。这些鞋怎么没有成对的，而都是单只的呢？摊位旁的一名老汉笑着回答：“这些鞋不卖，都是免费送，但不是谁都给，是专门给与鞋有缘的单脚人。”

不一会，一名架着拐杖的单脚男子来到鞋摊前，挑鞋试鞋。10 多分钟后，他挑好了两只鞋，开心地笑了。他说，这是他第二次从老栾这里取鞋了，以前，他最头疼的就是买鞋，买一双只能用一只，另一只就扔了。

自从去年通过残联认识了老栾后，就可直接来领鞋了，不花钱，样式还挺多，也都是新的，真好！

汉子口中的老栾即鞋摊旁的老汉，名叫栾启平。他也是一名残疾人，今年 63 岁。出生 8 个月时，栾启平得了小儿麻痹，留下了一双终生不便的腿脚。所以，同病相怜，看着与自己一样不易的人，他总想去帮一把。一次，他去朋友家做客，发现高位截肢的朋友只穿左脚的鞋，另一只鞋只能扔掉或闲置。后来他又去另一位残疾朋友家做客，发现一个挺有意思的事情，这位只有右脚的朋友和上次只有左脚的朋友鞋号一样，他俩扔鞋扔了有几十年了。“都是新鞋，而且他们的家庭也都挺困难，这些鞋扔了真挺可惜，要是能互换着穿就好了。”想到这，栾启平灵机一动，他牵上线，让两个人互相结识，“当时我逗他们，说是我给他们的脚介绍对象。”之后这两人便一起买鞋，一人穿一只，这样就都不浪费了。如今，这两个人成了很好的“鞋”友。

正是这次机缘巧合的牵线，栾启平便开始和“鞋”打上了交道。他想着，很多单脚的残疾人都会面临买鞋穿一只扔一只的问题，如果能把更多的人汇集起来，找鞋换鞋会更有效率。于是，2007 年，他建立了一个 QQ 群，名叫“同号左右鞋互换平台”。两年后，他的群里已经有三千人。自从有了这个群，不少人都节省了开支。鞋号一样，穿鞋风格差不多的群友就成了固定搭档，一个人买鞋，两个人共享。要是不在一个城市住，两个人就轮着掏邮费。群里的热闹和成功，让群里成员都很高兴。大家也为栾启平起了一个外号“鞋媒”，并开心地向“鞋媒”说起了以前的尴尬：单脚的人因为重心全在一只脚上，鞋的磨损比普通人严重得多。而残疾人家庭都不富裕，为了不浪费，鞋都是将就着穿，甚至出门穿顺脚鞋，在家就穿反脚鞋。

群里的成员越来越多，平台的名声也越来越响。“鞋媒”栾启平无私的善意与热情如水中清莲，香名远播。温州一位鞋厂的老板怀揣崇敬联系上了栾启平，一下子就给他邮来几千双鞋。那位老板说，做鞋的时候总会有配不上对的，所以多出来很多单鞋，以前，遇到这样的情况只能销毁，白白地浪费了。他要感谢“鞋媒”，让即将浪费的鞋成了有价值的鞋，心里有了一种欣慰感。

有了这批鞋，栾启平 40 多平的家里全被鞋占领了，用他爱人的话说就是“下地就是鞋”。鞋多了，栾启平也有些发愁，他想尽快让这鞋有用武之地，便迅速开始在全国各地寻找单脚的残疾人，自掏腰包送鞋寄鞋。送鞋的同时，他不忘传递信息，如有闲置的鞋就存到他那儿，他再送给有需要的人。有好心人知道后，主动做起了志愿者，帮助栾启平一起发鞋，还找了仓库专门放鞋。栾启平的这个仓库有人存鞋，有人取鞋，源源不断，络绎不绝。于是，他听取建议，将仓库命名为“单脚鞋银行”。

从“鞋媒”到“单脚鞋银行”，近 10 年来，栾启平送出的鞋遍及全国各地，已经累计有近 2 万双，因为这，栾启平搭的打包邮寄费就有近 2 万块，把自己退休前在福利企业工作的少许积蓄几乎都花光了。为此，他不得不艰难地开口，以后要鞋的邮费请自己支付了。大家十分理解，纷纷在 QQ 平台留言，让他放心。同时，全国有十几个城市都有好心志愿者帮助他建立中转站，帮助他找需要这些鞋子的人，还帮助送过去。

挥霍何尝不是财富

文 / 胡歌晓畅

泪水只能换来同情，汗水却能赢得成功。

——佚名

一位刚出道的青年导演抱怨，为了电影梦，他到美国纽约大学电影导演系深造；为了挤出更多的时间拍片，他把一日三餐都简化成了一块披萨。但如此血拼时间并没有得到有用的回报，拍出来的片子一点也不被看好，人也是一直寂寂无名。所以，他回国了，迷茫了，学的那些东西没派上用场，真是把时间给挥霍给浪费了。

有功夫小子之称的内地著名功夫演员、导演吴京听了，很不以为然。他说，这种无用论我特别不赞成，你学的东西有没有用，也许今天用不着，但是，哪天总归会用得着。接着，他现身说法，说他刚入道时，在演了他人生的第一部电影以后，一直沉寂了两年，无戏上门，于是，没片可拍的他什么都尝试着去做，虽然那些东西怎么看着对电影来说都是没用的东西。比如，他看不惯太多的花样美男，一群伪娘，没有一点阳刚之气，他就去了特种兵部队，士兵干什么，他就干什么，聆听子弹从耳朵旁嗖嗖飞过的声音，细看坦克从身边碾轧过去的气势；他学开车、学骑马、学潜水……因为有深入部队的这些经历，后来他出演的电视剧《我是特种兵之利刃出鞘》、自导自演的军事题材电影《战狼》大获成功，一扫影视屏幕上花样美男的吴侬软语，用肉断骨折还了男儿的铁骨铮铮。观众重新看到了中国男儿的固有本色，大呼过瘾。还有一次，有个导演拍水下的片子，要挑选水性好的演员。许多演员背起氧气瓶后都是战战兢兢，只有曾学过潜水的他“哗”一声就入水了。在水里，他来去自如，甚至还摘下面镜，超出了导演的预料。导演惊呼，主角就是你了！

说完自己因没用而有用的故事，吴京回头再对那位一腔抱怨的青年导演说，有用没用不能只看当下，现在看似把时间挥霍了，但对未来来说都不算作浪费，只要那些挥霍是出自内心的，这又何尝不是财富？你学的那些东西会有用的，总有一天别人会看到你的成功。那时，当你看着别人羡慕你的眼光时，你可以骄傲地说，你把一日三餐简化过一块披萨吗？

青年导演心悦诚服：“听子弹飞、吃披萨，值！”

一事精致，足以动人

文 / 笔架山神

在一个崇高的目的支持下，不停地工作，即使慢，也一定会获得成功。

——爱因斯坦

2015 年 10 月 25 日，第六届李四光优秀学生奖颁奖典礼在京举行，这几乎是我国地学界学子所能获得的最高荣誉。中国地质大学（北京）地球科学与资源学院地层古生物专业 2013 级博士生邢立达在获得该奖项的 4 名博士生之中排名第一。

邢立达，1982 年出生于广东潮州。同许多孩子一样，他自幼喜欢恐龙，看过不少《恐龙特急克塞号》《恐龙的故事》之类的书籍。这个兴趣一直跟随着他。上高中时，他自学计算机，创建了中国第一个恐龙网站——“恐龙网”。

为了“恐龙网”，邢立达把市面上所有能买到的跟恐龙、跟古生物有关的书都买了，还花了大把的时间，将这些书的内容录入电脑，放到网站上作为资料。同时他还写信给中国科学院古脊椎动物与古人类研究所的老师，希望老师能解答网友的提问，支持这个科普网站的发展。科学院的老师觉得邢立达对这样一门吃苦不赚钱的冷门学科有如此热心很难得，就答应帮忙。

尽管对恐龙如此热情，但高考后邢立达上大学并没有选择古生物或者相关专业，而是选择了金融学。这主要是他在家里是个听话的孩子，遵从了父母的意见。因为父母对他进行了审时度势的教育，古生物学、恐龙，听着很浪漫，但其实就是经常在烈日和暴雨下与泥浆石块的穷折腾，烧体力、耗精力、不挣钱。大学毕业时，他依旧顺从了爸妈，虽没能挤进炙手可热的金融界，但还是选择了一份跟恐龙八竿子打不着的工作，到了一个令很多人向往的广东省委机关刊物《南方月刊》编辑部工作，当上了一名收入稳定的记者。虽然如了父母的意，但心里一直热爱着恐龙的邢立达并没有放下恐龙，他有着自己的小算盘，他认为自己的恐龙爱好需要经济基础来夯实，应该先有一份正式的工作，业余时间再发展爱好。

然而，工作半年后，邢立达发现，一心两用的结果很可能是两边都做不好。于是他重新选择，不再做听话的孩子了，不再一心两用，他放弃了记者工作，只做一件事——研究恐龙。他先是到了江苏常州，在那儿的中华恐龙园里找到了一份专门研究恐龙的工作。工作中，他感觉到了自己专业知识的后劲不足，一年后他又前往成都理工大学进修研究生。钻之越深，越知不足，最终，他又以优异的成绩取得了去加拿大阿尔伯塔大学生物科学系深造的资格，前去那里攻读古生物学。

邢立达一直喜欢看电影《侏罗纪公园》。电影开始时主角有句台词说：我不想上直升飞机，我这一辈子只想把蒙大拿州所有的恐龙都挖出来。实际上，电影中这位古生物学家的原型菲利普·柯里就在阿尔伯塔大学，柯里的毕生梦想就是挖出阿尔伯塔省所有的恐龙。柯里现在是皇家院士，北美古脊椎动物学会的前任会长，德高望重。邢立达做了各种努力，终于成为了他的学生。截至目前，邢立达是柯里唯一的中国籍学生。

2013 年从加拿大学成归国后，邢立达来到北京中国地质大学继续攻读博士，同时开始了对全国乃至亚洲地区各大恐龙化石点的考察。他在自己家里放着几个总是收拾好的包，分为华南、西藏、新疆，里面什么都有，通常是背上包就能来一段“说走就走的考察”。这几年，他几乎踏遍了类似藏东南、南疆腹地的无人区，甚至包括伊朗 - 伊拉克交界的虎狼之地。而其中的艰辛真的跟浪漫丝毫沾不上边，不是在泥泞中敲击岩层，就是在铁板烧一样的岩壁上临摹标本，要么是在摇晃的皮卡上作为人肉垫子保护着化石。

2014 年，邢立达在野外度过了 200 多天，风餐露宿，与蚊虫为伍，与同行冒雨攀岩，与潜在的地质灾害抢时间，完成了数千个足迹的测量工作。汗水换来的是累累硕果，2014 年至 2015 年，邢立达主导的科研团队发表了科研论文约 40 篇，其中三分之二被 SCI 收录。美国 NG 国家地理频道、英国 BBC、CCTV1、CCTV4 等众多国内外电视台进行了报道。后来他又荣登李四光优秀学生奖的巅峰。

邢立达，一事精致，足以动人。

虫子飞进了耳朵

▶ 文 / 笔架山神

书籍应有助于达到以下四个目的中的一个：获取智慧，变得虔诚，得到欢乐，或便于运用。

——德纳姆

有个小男孩，电视喜欢看《动物世界》《人与自然》，买书偏爱《大自然的奥秘》《生物之迷》，游戏时又总是与花鸟草虫对话。为此，父母没少反对，没少批评，数落孩子要是对课本对分数这么用时间这么钻，那一定是名“优秀”的学生。无奈，孩子就跟中了邪似的，一有课余时间，不是“动物”就是“植物”地捧读玩味。父母看孩子的分数虽不冒尖，但也处在中上，再说也疲于“持久战”，只好摇摇头败下阵来，任由儿子“混”下去了。

有一天，爸爸的耳朵里飞进了一只小虫子，怪痒痒的，他随手打了打耳朵，不想虫子不但没出来，反而钻到了耳朵里面，他用小手指去掏，虫子钻得更深了，他急了，忙用挖耳勺向里又是挖来又是搅，可还是够不着，继续搅，搅得耳朵都发痛了，可虫子还是安然无恙就是不出来。爸爸向妈妈求援，妈妈见爸爸捂着耳朵喊痛的狼狈样子，不敢用任何东西去掏了，只好一个劲地对着耳内吹气。爸爸痛得直嚷嚷，推开妈妈，怪她把虫子越吹越深，都快要把耳朵钻通了。情急之中，妈妈无意识地直唤小男孩。小男孩来了，弄清原委后，忙把爸爸拉到房间里，拿起手电筒，关上房门，拉上窗帘，房间里立刻黑了下来。男孩叫爸爸别动，他摁亮手电筒对着爸爸的那只耳朵里照去。约摸一分钟左右，虫子自己飞出来了。爸爸高兴地抱起男孩儿，转起了圈子。

高兴之余，妈妈忙问男孩，你怎么知道用这样的好法子。男孩说昆虫都有向光性的特点，你看夏夜，灯一亮，虫子就来了，就是这个道理呀！爸爸乐吱吱地直夸男孩有知识，又问男孩是从哪儿学到了这样有实用价值的知识。男孩兴奋了，转身到房间捧出《生物之迷》，说他早就知道了，叫爸爸也看看。爸爸不好意思地摸了摸后脑勺，尴尬地笑了：“想不到还有比 100 分更好的！”

说动物品人生，演讲耐听又感人

▶ 文 / 笔架山神

人类和高等动物大脑之间的差别，显然在于程度上而不是本质上的差异。

——达尔文

走进西班牙首都马德里的动物园，你会看到一幅醒目的标语：“动物教导我们如何做人”。确实，我们也常说，动物是人类的朋友，也是人类的老师。正因如此，在演讲中，说说动物能收到品味人生的效果，使演讲耐听又感人。

有位女同学在《永不放弃》的演讲中，就是以米粒般大小的动物蚂蚁的故事开场的。

如果我们用一个障碍物试图挡住一只蚂蚁的去路，那么，蚂蚁会立刻寻找另一条路，要么翻过去、要么钻过去、要么绕道而行。总之，不达目的不罢休。

夏天，如果我们认真观察蚂蚁，你会发现，从刚刚入夏到秋意来临，蚂蚁都在为遥远的冬天做准备。而到了万物凋落的冬季，蚂蚁们便在温暖的巢穴里安享丰衣足食的生活了。

纵使在严冬中，蚂蚁们也不是始终“躲进小楼成一统”，而是时刻提醒自己严寒就要过去，温暖舒适的日子很快就会到来。即便是少有的冬日暖阳也会吸引蚂蚁们倾巢而出，在阳光下活动活动筋骨。一旦寒流袭来，它们立刻躲回温暖的巢穴，等待下一个艳阳天的召唤。

蚂蚁虽小，但它却以小小的躯体向我们传递出大大的能量：永不放弃、未雨绸缪、永怀期待——这不正是值得我们人类学习的精神吗？

在人生的旅途中，一帆风顺、一路坦途是不存在的。关键是如何对待出现的困难和挫折。有不少人在困难面前表现出的往往是自暴自弃，跌倒了就再也站不起来。如果我们能向蚂蚁学习，带着积极心态，乐观面对挑战，永不放弃，执著为人生奠基，心怀灿烂，那离成功就不远了。

演讲者本意是要向听众传递一种人生哲学，面对困难与挑战，要永不放弃，要积极的行动起来，为人生做足充分的准备，相信未来。但照直说了，难免枯燥无味，像喊口号似的。所以，聪明的演讲者便以小小的蚂蚁为切入口，生动地描述了蚂蚁特有的一套简单而又实用的“生存哲学”——永不放弃、未雨绸缪、永怀期待。说蚂蚁、品人生，给人以正面的启迪。

看着班上有同学视学习生活为囚牢，班长作了一篇题为《且学且欣赏》的演讲。

美丽的蝴蝶不像蜗牛那样负重前行，把人生变成一场苦役；也不像蜜蜂那样只知道埋头劳动，丝毫不懂得享受人生的乐趣。蝴蝶永远朝着美好的方向前行，它们既能发现路旁的玫瑰，也能飞越沧海，寻找到美丽的彼岸花。蝴蝶的故乡是花海，它们循着花香飞越千里，跳起优美的舞蹈，与

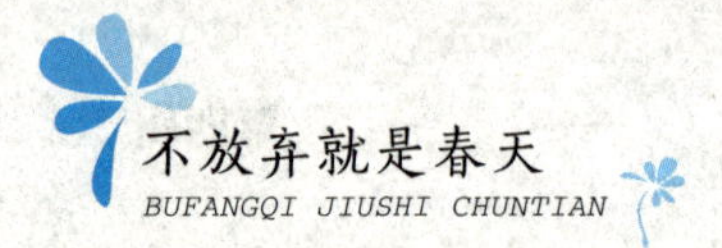

蓝天白云招手，同清风艳阳嬉戏，它们的生活有滋有味、有声有色。

蝴蝶尚能懂得在飞翔的路上欣赏沿途美丽的风光。而我们的同学呢，缺乏的就是这种生活态度。我们总是以奔跑的姿态前行，为了1分，2分，朝前紧追，总以为所有的人都在和我们赛跑，生怕被丢在后面。最后，我们没有跑赢别人，更没有跑赢自己。我们跑得太快了，把分数以外的一切美好风景都丢在了身后。

我们真该学学蝴蝶的生活态度，且行且欣赏，慢慢地飞，细细地品味沿途的风光，让生命多一些舒适自在，体会这个世界上所有美好的事物，那样，我们的生活将不止是分数的沉重和学习的苦役，而是一路的绚丽多彩。

蝴蝶翩翩起舞，自在美丽。但蝴蝶更有着懂得享受飞行的美丽，它们虽然以追寻鲜花为目标，可是它们从来就没有把这追寻的过程视作沉重的苦旅，没有放弃与蓝天白云招手，没有割舍与清风艳阳嬉戏，它们深深懂得“慢慢走，欣赏啊”的生活妙处，且飞且欣赏，生活过得有滋有味。班长把蝴蝶的故事说了，小听众们也就感悟到了该如何对待学习生活了。要追分，也要欣赏追分途中的别样风景，且学且欣赏，学习生活就不再是囚牢，那将是一路学习一路风景。说蝴蝶追寻的美丽，自然感悟到学习的美丽。

有个男孩作了一篇《心中有方向》的演讲。

在挪威斯瓦尔巴德群岛上，生活着大批驯鹿。每年冬天，驯鹿都要离开斯瓦尔巴德群岛，进行一次长达数百公里的大迁移，去远方寻找新鲜的草料和水源。它们边走边吃，日夜兼程，遇河过河，逢山爬山。每个鹿群都有一头经验丰富而又体格健壮的母鹿领头。驯鹿们对领头母鹿的经验和能力从不怀疑，因为它们跟随领头母鹿征服了很多穷山恶水，峭壁沙漠。

它们坚信，领头母鹿的每一次出发都能将它们带向草绿水甜的地方。

可是，事故总是在不经意中出现，当领头母鹿带着它的鹿群泅渡一条河流时，眼看就到了对岸，母鹿却突然沉入了河底。因为不再年轻的母鹿已无法担当领头的重任，在体力不支的情况下终于倒在了河水里。其实这是一条极为平常的河，可是，当驯鹿们发现领头母鹿已经倒下时，一个个心慌意乱，惊慌失措中，巨大的鹿群在互相拥挤下沉入了河底而亡。偶尔有几头幸存者，便只能重新选择一头母鹿领头了。

人生中其实也充满了坎坷和艰险，可真正摧毁意志的还不是苦难本身，而是心里的方向突然失踪。方向没有了，就会茫茫然不知所往，继而糊里糊涂被“拥挤践踏”而死。

驯鹿的故事真是有趣耐听，它们不畏山高路险，不畏环境恶劣，死在老虎狮子利爪下的也很少，大多数都是因为领头母鹿的突然失踪而在心中失去了方向，互相拥挤践踏而死。驯鹿的死，从反面给人以深思与警醒，如果一个人心中没有理想和方向，那么人生的航船随时都有颠覆的可能，只有心中有了方向，人生的航船才能更好的扬帆竞发。

动物不论大小，都有自己的故事，要么给人正面的启迪，要么给人反面的深思。演讲中，以动物为切入点，说说动物，不但生动耐听，而且更能感染人，从而避免了生硬的说教，顺理成章的达到了“动物教导我们如何做人”的目的。

第五辑

Chapter Five

唯美阅读

Weimei Yuedu

别让理想毁了人生

文 / 朱慕尧

每个人都被生命询问，而他只有用自己的生命才能回答此问题；只有以“负责”来答复生命，因此，“能够负责”是人类存在最重要的本质。

——维克多·费兰克

这是一片广袤的田野，土地肥沃、水草丰美。为了灌溉庄稼，农人们在这里挖了两条河，一条小点，一条大点。这条大的，我们姑且叫他大河吧。

刚开始，小河和大河都勤勤恳恳地灌溉，两岸庄稼年年丰收。可是有一天，大河忽然有了个想法，他要去看看海。这个想法一生出来，就再也按捺不住。我是大河，怎么能和那条小河一样，老死在这寂寞的乡野呢。大河鼓起浑身的力量，一浪一浪地冲向远方。要承认，大河是坚韧的，克服重重困难，它冲破了许许多多的田埂与山峰，它离自己目标越来越近。

回头再看小河时，他不由生出一份悲悯之心：唉，小河也太没有追求了。

可惜的是，终于有一天，大河一头扎进了沙漠，他的那点水分很快就被蒸发了。大河喊出一声“出师未捷身先死，长使英雄泪满襟。”就再也不见了。

没有了水，没几年大河就堵塞了，再过几年河道也被填平了。

而那条小河，依旧勤勤恳恳地灌溉庄稼，为两岸农人的丰收立下了汗马功劳。为了获得更多的水源来灌溉，人们把小河的河道拓宽了，比以前的大河还要宽。小河成天热热闹闹，有浣衣洗菜的农女，有洗澡嬉戏的孩童，有泛舟垂钓的游客……莲叶田田，碧波荡漾，水阔鱼肥。

又经过了几代人的传承繁衍，小河被当地人称作“母亲河”，而当初的那条大河，早已寻不到半点踪影了。

大河订下的目标太过远大，它忘了自己不过是一条乡野的内陆河。由此可见，小范围的强者当久了，更易让人狂妄无知，看不清自己。所以说，追求要适度。

小河的成功告诉我们，立足本职，实现所在集体的价值，才能最终实现个体的价值。比如你让公司业绩提高了，壮大发展了，你的价值也就出来了。而撇开集体的价值，一味追求个人的成功，往往是徒劳的。

那些星光下的少年

▶ 文 / 朱慕尧

有理想的、充满社会利益的、具有明确目的的生活是世界上最美好的和最有意义的生活。

——佚名

没事的时候，我爱在本地的博客群里转转。虽说都是些草根博客，但是也有不少精品，或清丽脱俗，或质朴动人，或诙谐幽默。连我这个把玩文字多年的职业写手，看到高妙处，也不免心中折服。尤其是其中一个叫老丐的，文字精美老练，写的虽然都是小事，却屡能翻新，富含哲理。

一天晚上，我看了老丐的几篇文字后，忍不住给他留言了。先表达了我对他文字的倾慕之情，然后说想和他交流一下，最后留下了我的QQ号。

第二天晚上，老丐就上线了。他一上来，就叫出了我的名字：“朱老师吧？”我一惊：“你谁呀？怎么会认识我呀？”他发来一个大笑的图案：“几十年的老同事了，你猜猜。”

老张？不是。老李？不是。王主任？不是。

“你到底是谁呀？”

“哈哈，我潘老头啊。”

“什么？我惊得差点掉了眼镜，就是那个成天醉猫一样的潘老头，就是那个除了打瞌睡就是打麻将的潘老头？”

“怎么？不信？就许你‘大作家’发表文章，我老头连个博客都不能开吗？”

“不是，不是。只是没想到，您老文笔这么好！”

又是一个狂笑的图案发了过来：“‘在水一方’的博客你看了吗？”

“看了。”

“你猜猜他是谁？也是我们学校的，往最不靠谱的猜！”

我不干了，文字高妙的老丐竟然会是老潘头，还会有比这更不靠谱的吗？“你快说，他是谁？”

“是老余，就是为学校搞勤杂的那个。”

我再一次狂跌眼镜，老余，我当然知道。他竟然叫“在水一方”，还能写出那么柔美动人的文字。

“没想到吧。当年，我们可都是星光下吟诗的少年啊。”后来老余说了些什么，我都不记得了，只有这句话一遍又一遍地在我耳边回响。

是啊，有多少人，都曾是星光下吟诗的少年啊。只是在红尘的流转中，有多少人，渐渐淡去了少年时的梦想；在生活的重担下，有多少双充满梦幻的眼睛，慢慢的浑浊老去。像老余，从供销社下岗后，只能在学校当个勤杂工。谁能想到，他有那么一个风水绝佳水草丰美的精神后花园。

那天晚上，满天的星光月色，我徘徊在廊前，久久的感慨：这清凉的晚风，老去了多少少年啊。虽然如今，他们生活迥异相差千里，但是当年，他们都曾是充满梦幻的在星光下吟诗的少年啊！只是在生活琐碎世事艰难之中，渐渐淡却了心头最初的梦想，一张张清灵的面孔化作苍穹下蒙尘的花。

不论世事如何变迁，但愿我们都不要忘了最初的梦想。

给大象留水

▶ 文 / 徐晓欢

生命是美好的，一切物质是美好的，智慧是美好的，爱是美好的！

——杜伽尔

非洲肯尼亚南部有一个叫桑布鲁的村庄，村庄旁有一条叫米尔吉斯的河流。河水滋润着村庄，让桑布鲁人世世代代在这里生息繁衍。可近些年来，随着沙漠化的日益严重，这条河流有一年没一年的就会亮起红灯，水量急剧减少，甚至干涸。有一年，8 个月竟滴雨未下，米尔吉斯河顿失往日的滋润，干涸得与沙漠连成了一体，不分你我。桑布鲁人以放牧骆驼为生。在这样极度干旱缺水的日子里，寸草难生，骆驼们断粮了。一个个的大活人总不能让尿憋死，让骆驼饿死啊。于是，村庄首领勒马一声令下，村民们领着驼队浩浩荡荡地出发了，目标是离村庄更远的沙漠深处，到那里去放牧，因为那里有他们心爱的骆驼所需要的新鲜植物。

远离家园，行走在干涸的河床上，勒马他们所带的饮用水很快就没有了。对于桑布鲁人来说，水是最宝贵的东西，即使骆驼也不能这么长的时间不喝水。勒马知道，其实水就在他们行走着的河床下面，但他不知深浅，一时是找不到水的。然而，勒马并不着急，夜晚，他从容地让村民及驼队睡下，因为他知道，自有另外的夜行者为他们探水，找到水源。

这个夜行者就是生活在这一带的大象。大象一天要喝100升水，岂能无水。而大象找水往往是在晚上。万籁俱寂的时候，夜行者大象行动了。它们慢慢的行走在枯萎的河床上，低着头，用长长的鼻子在河床表层不停地扫描。大象的嗅觉特别灵敏，几百米远外它们就能闻到来犯者的异常气味；还有为人不知的是，它的鼻子能嗅到地下水，在夜间没干扰的情况下，嗅觉更灵。这群体型巨大的探水者，在河床上嗅来嗅去，能准确的辨别哪里的地下水层离地表最近。先嗅到水的大象会兴奋的叫唤起来，招来同伴，聚在一起，纷纷用长鼻子挖河床，三下五除二，就见泉水汩汩。喝足了，扇着大耳甩着短尾继续夜行。

第二天清晨，勒马让他的驼队沿着大象的足迹前进。因为大象会帮人的，它们找到水源喝足水后，会沿途留下粪便。只要沿着它们的粪便走，很快就会在河床上找到水。勒马和他的驼队准确快捷地找到了水源，饱饮一番后，他和村民们放声高唱，用发自内心的歌声感谢上帝，感谢大象。歌罢，驼队继续向沙漠深处跋涉。

当骆驼在沙漠深处美餐过后，蓄积了足够的能量，勒马又带着驼队往村庄赶。

村庄里有一口深井，勒马他们回来的第一件事就是下到井里，打起宝贵的井水，不光是要给村民和骆驼痛饮，更忘不了回报在沙漠里帮助过他们的大象朋友，他们把打起的水放到外面木制的长长的水槽里，给夜晚路过的大象喝。桑布鲁人有一个信念，要将生命带给每一种生物，最不能忘记的是那些夜间的探水者，如果没有它们，驼队就不可能在远离家园的荒漠里生存下来。

大象投我以水，我报大象以水。大象在不经意中帮助了桑布鲁人，桑布鲁人不是捡着便宜偷着乐，也不是对大象无情利用，而是把大象当作了人类的朋友，平等相待，心怀感激，不忘真情回报，给大象留水。因而，桑布鲁的方圆成了大象不愿远离的地盘，大象与人相互支撑，顺利度过极旱的难关。如今，只要干旱，桑布鲁就会上演一幕人与动物和谐相依的喜剧。

眼盲，但梦想不能盲

▶ 文 / 胡青阳

活着一天，就是有福气，就该珍惜。当我哭泣我没有鞋子穿的时候，我发现有人却没有脚。

——佚名

姑娘叫董丽娜，1984年出生于辽宁大连的一个农村家庭，从小患有先天性弱视，10岁那年，便彻底看不见这个世界了。

该读书了，小丽娜只能选择盲人学校。

在盲人学校，董丽娜听的最多的也是最刺耳的就是老师那句永不变更的话：你们一定要好好的去学习按摩，因为这将是你们以后唯一的出路。可渐渐长大后的董丽娜有了自己的思想，她认为老师的话太绝对了，为什么一个学校里的所有盲人都要被贴上按摩师的标签呢？不是说按摩不好，的确按摩能让很多盲人养家糊口，减轻家庭负担，但它并不适合所有盲人。董丽娜害怕自己被狭隘封闭的圈子所同化，她想，人生又怎么可以刚刚开始就能够看到结局呢？我为什么不能像其他正常人一样的，去选择自己想要的生活，去做梦？盲人就不能有梦想了吗？眼盲，梦可不能再盲了啊！

其实，董丽娜因为眼睛看不见的原因，自小就偏爱听广播，靠着收听广播，她感知到了世界的多姿多彩，同时被播音员感性的嗓音吸引了，深深迷上了播音员这个职业，她做梦都想当一名播音员。

19岁那年，董丽娜从盲人职校毕业后走进了一家按摩院，开始从事盲人按摩工作，每月有近三千元的工资，除了自己留下一点生活费外，其余的她全寄给了父母，同时寄回家的还有她报喜不报忧的电话。但是，董丽娜由于瘦小体弱，而推拿按摩是个体力活，因此，她并不喜欢她的这份在当时当地收入还算不错的工作，她的心中仍不时升腾着播音梦，她一边从事按摩工作，一边利用业余时间听着收音机模仿播音技巧。按摩休息的空当，大伙儿不是扎堆聊天就是挤在一块听音乐，可她总是独占一角，分秒必争地练习普通话朗读，常常情不自禁，放声模仿播音。在按摩院里，董丽娜的表现算是不务正业，但是，她的表现并没有引起同事们的反感，反而因为她的嗓音动听，同伴们送给了她“金嗓子”的美称。

2006年的一天，一个偶然的机会，董丽娜听说北京有一家公益机构可以帮助盲人朋友学习播音主持，她喜出望外。经过一番联系，北京红丹丹视障文化服务中心接纳了她，董丽娜得以在播音主持培训中心接受了十几天的专业培训。培训期间，董丽娜的那副“金嗓子”和洋溢着丰富情感的普通话着实让红丹丹的负责人吃惊不小，加之她的认真又刻苦的学习态度，培训期满，她被留在了红丹丹工作，指导其他盲人的普通话。与此同时，董丽娜更加刻苦地练习自己的普通话，她将60篇普通话测试必考篇目打成盲文天天练习，最终，在北京市普通话水平测试中，她以97.8分的成绩获得“普通话一级甲等”证书。“一甲”意味着董丽娜达到了中央电视台和中央人民广播电台对新闻播音员的要求。

2010年，得知全国第一届“夏青杯”朗诵大赛举办的消息，董丽娜满怀期待地报了名。她没想着拿奖，冲的是强大的评委阵容。想到能听听方明、敬一丹、李瑞英这些前辈的指导、点评，她就心满意足了。本来，在得知董丽娜的情况后，组委会的每个成员都被感动了，决定无论结果如何，都将为董丽娜颁发一个特别奖。可谁也没想到，董丽娜一开口，评委们都惊讶了，眼前这个身材瘦弱小巧的姑娘，语言的表现力竟是如此强大，她朗诵的《永生的和平鸽》，发音节奏抑扬顿挫，情感收放自如，嗓音迸发的每句话、每个词语，都仿佛被赋予了思想和生命。评委们很快就忘记了她是个盲人，完全被她的朗诵所吸引。最终，董丽娜从上千名专业播音员、演员中脱颖而出，总成绩排名竟然位居第四，最终凭借专业实力荣获二等奖。

2011年后，获大奖的董丽娜并没有像其他得奖者一样忙于电台签约，而是在自己的执著与好心人的帮助下，开始了北京市播音主持专业的自学考试。期间，董丽娜做过网络电台播音员，后应红丹丹的邀请，一直担任红丹丹“心目图书馆”项目的志愿者培训师。她说，梦想之初，是红丹丹给了她机会，把她培养成了一位语言艺术工作者，现如今，她回到红丹丹，也特别希望通过自己的声音将这些温暖传递给更多的盲人，她特别想对所有的视障人士说一句，不要把自己的梦想逼上绝路，要相信自己的潜能，眼盲，但梦想不能盲。

改变人生从不断质疑自己开始

文 / 孙虹莲

不为失败找理由，要为成功找方法。

——佚名

他出生在美国圣地亚哥一个贫民家庭，父母心地善良，没有固定工作，靠四处打零工维持生计。这样的家境，让他长期生活在饥寒交迫之中。

直到多年以后。他每每向别人介绍起自己的童年，总是说，家里物资匮乏，我们家的主题曲就是——买不起。

迫于生计，他辍学了。辍学后，他找到的第一份工作是到一个小餐馆洗盘子，每天下午 4 点上班，常常工作到翌日凌晨。这样的生活让他疲惫不堪、极为厌烦，丢掉洗盘子的工作后，他又到一家停车场去洗车，接着又换了一家清洁管理公司工作。在清洁管理公司，他常常洗地板到深夜。

这样频繁地更换工作，让他在闲暇的时候，总忍不住想：难道我一辈子就这样洗东西？

他开始尝试改变自己的生活——每天辛勤的体力劳动之后，他都会用5个小时时间学习。当时，很多同伴都不能理解——为什么一个做体力劳动的人每天还要这样拼命读书？他对他们说，读书就是为了改变自己的生活，我不想一辈子做这种工作。

20岁那年，他开始到处旅行，曾经和两位好友用300美元，穿越了美洲、欧洲、亚洲和非洲，靠汽车和步行，行程1.7万英里。在非洲撒哈拉沙漠，他吃尽了苦头。也就是那个时候，他开始意识到——每个人都必须穿越自己的撒哈拉沙漠。

此后的几年，他居无定所，到处打工，每天连续工作12小时，忍耐着高温、尘埃和机油等恶劣不堪的工作环境。后来，就连这些出卖体力的工作也找不到了，他便开始从事直销工作，挨家挨户上门推销商品。可这样的生活始终让他无法摆脱人生的困境。

30岁那年的一个晚上，夜深人静，他却怎么也无法入睡，不甘平庸的他开始质问自己："为什么我这么努力，却还是住在便宜的公寓中，不能开名车、住豪宅？"这时，他渐渐意识到，成功或许没有捷径，如果有的话，那一定是规律。

惊人的转变，从那个夜晚开始。此后，在业余时间里，他开始认真地思考成功的方法。通过观察同一家公司的顶尖业务高手，他开始学习他们拜访客户以及时间的管理方法。之后，他开始对自己进行有序的调整，制订了一系列新的工作规划，并付诸实践。

令他意想不到的是，奇迹出现了。不久，他的业务开始迅速飙升，很快赚到了数倍于以前的收入。他开始踏入成功人士的行列，事业也一片坦途。

这样的生活过了将近十年。他渐渐从一个名不见经传的小业务员，成长为一名业务出色的超级业务员，他的业务越做越大，为很多的老板赚取了百万财富，也为自己赢得了不一样的人生。

但是，在他的人生进入坦途，事业一片光明的时候，他又开始质问自己——这就是我想要的生活吗？不，我要把自己的成功经验和别人分享。当许多人都以为他要大展宏图、一路高歌、快步前进的时候，他突然放弃了这项事业，反而转去做演说家和作家了。

凭着自己的执著与智慧，以及对成功的独特理解和对成功规律的准确把握，很快，他就成长为在国际上光芒四射的演说家和潜能激励大师。他开始不断出版专著，四处演说。

20多年来，他的足迹遍布90多个国家，曾经在40多个国家成功举行了演讲，有400多万人接受过他的言传身教。他成了全球业务员顶礼膜拜的心灵导师，包括世界首富比尔·盖茨、巴菲特、迈克尔·戴尔和杰克·韦尔奇也都曾听过他的演讲。他出版了多部成功学著作，作品畅销全球。

他就是美国著名成功学大师安东尼·罗宾逊的潜能激励导师，当代中国成功学大师陈安之的师公，全美最具影响力的演说家和成功学讲师，当今世界上最知名的心灵导师——博恩·崔西。

如果人生是一次漫长崎岖的旅途，那么改变旅程路线与方向的最好办法，就是在路途中以及路途的岔口处，不断质问自己：我们究竟要到哪里去？我们怎样才能成功到达那里？

女人四十

▶ 文 / 林岭申

年龄一大，相信的东西就越来越少。和牙齿磨损一个样。既非玩世不恭，又不是疑神疑鬼，只是磨损而已。

——村上春树

女人四十，被人弃之，还依旧让人爱之，不由年龄决定，心态最重要。

如果芳龄二十是香水，即使只有一滴也芳香四溢，引人侧目。那么三十就是瓶装饮料，增添了各种使味美的香料，在加上精美包装，依旧令人热捧女人四十则是淡水，无香无色，平淡无常。然而居家生活，可以没有香水，也可以不喝饮料，但是谁都离不开淡水。

若二十是雀跃的小溪，挥洒自如，欢乐天成；三十是安静的湖水，不起波澜，澄澈碧透；四十是沉寂的潭水，含蓄稳重，底蕴十足。

二十是枝头蓓蕾，让人充满期待祈盼；三十是鲜花怒放，令人流连仰慕；四十是花下枝叶，没有绚丽的姿态，却默默奉献。

四十女子遭遇青春期儿女，期盼夫君事业有成，祈祷父母健康，希望自己安稳。四十女子很容易因琐碎而唠叨，很容易因劳累而烦躁，很容易因失落而焦虑。

听我说，不要因工作把自己磨练成强人，咄咄凌厉；不要因家事把自己折磨成怨妇，自怨自艾。不要因全职而无所事事，打牌度日。一定要留出时间给自己清心，一定要留出心情让自己愉悦，一定要寻求雅兴提升自己品味。看书以安心，听曲以怡情，喝茶明淡泊。春来去踏青，雨夜去听雨，雪里去赏梅。

纵使家庭是你的全部，但你若迷失了自己，全部何存。我所结识一女子，拼命挣钱，家事操劳。脸色暗黄，积劳成疾。久病在床，儿子抱怨花掉家里很多积蓄，丈夫也少了好脸色。她抱憾无奈，撒手人寰。不久丈夫另娶新欢。

所以女人四十，千万不要忽略自己。二十腰肢可人，三十妩媚自生，然而四十的韵味十足，倘若没有时间的叠加难以练就。遇事不惊，大度从容，岂是朝夕能达到？

年龄是岁月走过的符号，白发不过是日臻成熟的标志，细纹是时光流逝的吻痕。别哀叹青春不再，别感慨韶华旧梦，名利再奢华不如身体康健，生活再富有不如心态祥和。快乐是自己的，让快乐生花，让淡泊驻足吧。

简的成功秘诀

▶ 文 / 涂丽

确立起一种正确的人生哲学，于每个人乃是生死攸关的需要。失去了人生目标的人，是最不幸的人。

——赵鑫珊

他叫爱德华，她叫简。

1775年，在英国，许许多多的人们记住了他们的名字。这一年，英国举办了一次全国青年作者诗文大赛。他们从四万多份稿件中脱颖而出，荣获一等奖。剑桥大学文学院院长詹姆斯教授是评审委员会主席。他激动地说："这是两颗冉冉升起的文学新星！终有一天，他们会让全伦敦人民大吃一惊的。孩子们，我为你们期待！"

鲜花与掌声四溅，他们立在舞台中央，兴奋得小脸通红。对未来，充满了梦幻。

为了提高自己的写作水平，爱德华拜詹姆斯为师，系统地学习写作。同时，他还到各地去游历，增加自己的阅历。听说喝酒可以激发灵感，他就学会了喝酒。听说爱情可以带来蓬勃的创造力，他二十岁时，就已经有三四段爱情经历。三十一岁那年，甚至离婚再娶了一个十九岁的小姑娘。可是，他的作品，始终波澜不惊。出版了两部小说，都反响平淡。四十岁时，生活潦倒，再次离婚后，沉迷于酗酒与妓女。以后，再也没有写过一个字。

简呢，一直居住在家乡汉普郡。二十多年，一直过着平凡安宁的乡村生活。这期间，她没有拜名师，也没有外出游历，甚至，连爱情都没有。简也爱过一个人，未能如愿，从此终身不嫁，人们很快就遗忘了这么一位“诗文大赛一等奖”的获得者。

直到 1813 年，简出版了一部小说——《傲慢与偏见》。立即引起了广泛关注，好评如潮。从此奠定了她在英国文坛不可动摇的地位。

简的巨大成功，让人联想到了爱德华。他现在怎么样呢？一名记者费尽周折，终于找到了爱德华。他正在一家满是油污的小酒馆里，喷着满嘴酒气，与一个妓女对骂。听周围的邻居说，爱德华平时就在天桥下乞讨，有了一点小钱，就去买酒。

爱德华与简的巨大反差，让人们充满了好奇。同样是当年的天才少年，为什么会有这么大的差别呢？简有什么成功秘诀吗？

面对记者的提问，简显得很平静：“秘诀？没有吧。我一直在汉普郡，过得平凡而又平静。除了同詹姆斯教授偶尔通一封信，我没有什么文学界的交往。我只是每天都让自己写一点，心情好的时候就多写一点；不想写的时候，也强迫自己写一点。就这样，写了十多年，就成了。”

第二天，伦敦日报用一整版报道了对简的专访，文中，也顺带提到了爱德华和简的成长经历与现状。文章结尾，记者是这样总结的：“成功，是没有秘诀与捷径的。太多的技巧往往使人舍本逐末。而那些最简单最直接的、甚至显得呆板与愚蠢的做法，往往却是最有效的。”

夜黑好风景

▶ 文 / 涂丽

如果青春的时光在闲散中度过，那么回忆岁月将会是一场凄凉的悲剧。

——张云可

佛教南宗，有这样一个故事。

荒山寂寺，夜幕沉沉。老禅师端坐窗前凝神远方。远山是一片暗影，梢头有两三孤星。

小沙弥，才十多岁吧，提着壶来给老禅师续水：“师父，您还不睡啊？窗外黑乎乎地，有啥好看？”

清风徐来，禅师语调舒缓，悠然一笑：“夜黑好风景啊”

禅师顿了顿：“你终会懂的。”

小沙弥也没在意听，嘴里嘟哝了一句，就去睡了。

时光那无涯的浪头，只轻轻一卷，十多年就过去了。当年的小沙弥，早已高高大大，经书娴熟，我们姑且还是叫他小沙弥吧。

一天半夜，小沙弥醒了，他信步来到窗前。

苍穹默默，大地无垠。依稀的星光，闪着宁静清冥之气。一刹那间，小沙弥领略到了夜的深沉之美。一种从未有的宁静，从心底涌起。似乎，只需微一抬首，就能把所有红尘间的俗事、千百年的悲昂，摆脱干净。仿佛，有清柔的水波，在小沙弥的僧袍上粼粼闪动。

小沙弥久久地立在窗前。立在漠漠的星光下，立在团团的树影中。与暗夜，静静对视。

山河幽幽，一人独醒……

也不知过了多久，老禅师站在了小沙弥的身后。

"夜黑好风景。"小沙弥一脸宁静。

黑暗中，老禅师语调淡然："你悟了。"

从那之后，小沙弥通脱了悟，改名喜夜禅师，成为佛教南宗一代名僧。

"夜黑好风景"，说得真好。是精深的禅理，亦是平凡的人理。白日太过纷扰，只有在与夜的静静对视中，我们才能思想沉淀、灵魂升华，才能领略到千百年来的至理与人生的大美。

那些在白日里迷失的，都可以在暗夜中寻回来。

一个人，只有懂了夜的风景、淡的滋味，才算真的长大了。

好奇心

▶ 文 / 董建昌

把尊重自己与尊重他人结合起来，就会散发出高贵的气质。

——佚名

曾经在一篇文章里读到法国哲学家西蒙娜·韦伊的一句话：对于不幸之人，要怀着深切关怀问上一句："您哪儿不舒服吗？"是否具有问候这句话的能力，关乎是否具有做人的资质。对于韦伊的这句话，我一直感到很费解——既然能对一个不幸的人问上一句"您哪儿不舒服吗？"就说明这个人是善意的，这怎么还与做人的资质扯上关系了？直到有一天，我在读了日本作家大江健三郎与儿子大江光之间的故事后，方才领会到其中深意。

1963 年 6 月 13 日，大江健三郎长子大江光诞生。不幸的是，大江光头骨先天性残疾——虽然在两个半月时做了手术生命得以挽救，但明显地感到了发育迟缓。40 多年来，大江健三郎对大江光始终不离不弃，关怀备至。由此，大江光的音乐天赋也得到了充分发挥。

大江光 42 岁那年，医生提醒大江健三郎，大江光已经呈现成人病的若干迹象。考虑到大江光的肥胖，大江健三郎便想起要与儿子共同行走。而且，这只是基本的步行训练。

鉴于自己的住处临近高台突出部，通往平地的那条长长的下坡道上，有一条用栅栏围着的散步道路，及至下行到平地后，还要沿着运河的那条相同的散步道路才能与其连接起来，他决定采用一位游泳教练的建议——让儿子手握树脂棒行走——甩动胳膊，脚似乎也会抬离地面。这样，大江光就不会轻易摔倒。

与自身的智障不同，大江光有着非常认真的个性，在步行训练期间，他并不怎么说话。于是，大江健三郎也思考着正在读的书或想着其他事情。

大江光就是在这个时候摔倒的——他被路面上的一块石头绊住了脚，咕咚一声摔倒在地。由于这不是癫痫发作，大江光的意识很清醒，倒是把大江健三郎吓坏了，同时也为自己未尽到责任而自责。

此时，大江健三郎唯一能做的，就是将比自己重许多的大江光抱起来，靠在路边的栅栏上，检查他摔到哪儿了？要不要紧？

这时，正好有一位妇女从那里经过。她停下来，关切地注视着她们，然后走近，将手搭在大江光的肩膀上，问“怎么了？您哪儿不舒服？”

大江光本能地扭动着自己的身体，试图将那位妇女的手甩开。

大江健三郎知道，大江光最不情愿的事，就是被陌生人触摸自己的身体，再就是狗对着自己狂吠。

爱子心切的大江健三郎没有多想，语气强硬地对那位妇女说：“请你把手挪开！”

那位妇女先是很诧异，接着愤怒地站起身，说了句，这什么人啊？然后头也不回地走了。

妇女走后，大江健三郎又发现一个中学生模样的少女，也是在距离他们不远的地方停了下来，一动不动地注视着他们。她从口袋里露出手机，但没有全部拿出来，只是让大江健三郎略略地注意到那手机，同时凝神注视着他们。

过了一会儿，大江光站了起来。大江健三郎扶着大江光从少女身边经过时，回头看了少女一眼，少女向他浅浅一笑，骑上自行车离去了。

这一眼，让大江健三郎捕捉到一个信息：与那位妇女不同的是，少女就在那里守候着他和儿子，一旦他们需要帮助，少女就会在第一时间联系救护车，或帮他们联系亲属……

联想到西蒙娜·韦伊的那句话，大江光应该算是韦伊所指的不幸的人中的一个，大江健三郎之所以没有对那个同样对他们表示急切关注的少女爆粗口，是因为少女的关切适度——她适应了生活的新人所保持的态度。这正如大江健三郎所说，“谁都会有好奇心，关切的眼神却在净化着这种好奇心。”

李克农撕纸“喂”情报

▶ 文 / 诗蕾

战场上识勇敢，激怒中识智慧，穷困中识朋友。

——伊朗谚语

李克农是鼎鼎大名的龙潭三杰，是我国隐蔽战线的领导人，心思缜密，滴水不漏。但他却在北平军调期间，犯了一回“低级”错误，把情报“泄露”了出去。

1945 年 12 月下旬，正值国共军事冲突，美军上将马歇尔受美国总统杜鲁门委派，前来中国负责调停。李克农在北平成立了军事调查处执行部，监督国共双方执行停战令，他就任执行部的秘书长。

当时，我方机要人员全部住在翠明庄饭店，得知消息后，国民党将特务立即安插在店内当服务员，以监视中共的动向。为此，李克农严禁“服务员”擅自进入楼内，若需进入，必须专人跟踪盯防。尽管防谍措施严密，但国民党特务也不是吃素的，想尽一切办法刺探情报。他们知道我方人员肯定会在纸上留下电文密码和机要文件内容，于是就把目标瞄准在那些看似普通的“白纸”上，希望利用我方细节上的疏漏，获得有价值的东西。

为了得偿所愿，那些特务一个个勤劳得没的说，上午才打扫完房间，下午就借口来取换下的衣服，衣服口袋更是“亲”得又捏又揉。对于纸篓，那更是勤快得不要不要的，巴不得能从丢弃的纸张中找到只言片语。

有一天，特务瞅准李克农午休刚起，肯定在忙着写材料，于是派了一个女特务借着送开水的机会接近李克农，希望能捕捉到一些蛛丝马迹。李克农看破了特务这些小伎俩，便将计就计，待特务殷勤打扫房屋之际，故意将写好的字条揉成一团扔进纸篓里。而后，为了让特务更相信纸条的重要性，李克农又故作担心字条会被泄密，再次捡起纸条，然后一下一下撕碎，再扔进纸篓。这一招让女特务彻底相信刚刚撕碎的纸条里肯定有机密情报，然后赶紧找了个借口，像捧着宝贝似的，捧着纸篓出去倒。

就这样，李克农为了消耗敌特的精力，三天两头，故意在小纸条上随便写个数字放在衬衣口袋里，或撕成碎片丢进纸篓里，“喂”给特务，让特务一次次地白费功夫，直到军调结束时也没有打探到一点情报，落了个竹篮打水一场空。

成功之外

文 / 佚名

因为爱情而割弃公民精神、艺术、科学的普遍利益；相反，他们还要把爱情的一切鼓舞、爱情的一切火焰带到这些方面去，而反过来，这些世界的广阔与宏伟也渗透到了爱情里。

——赫尔岑

他从小就被誉为天才。8 岁练习斯诺克台球，10 岁打遍江苏老家无敌手，15 岁获得中国第一个台球世界冠军，16 岁赴英国参加比赛，排名从世界 128 升为 56，曾两次击败当时的世界冠军。

他从小就懂得勤奋。一天至少 8 小时的练习，而且都是自己练，枯燥的训练让他早早的结束无忧无虑的童年。他甚至连交个朋友的时间都没有。只要没有比赛没有生病，他的生活就只有练球、练球。他希望通过打好球，让家人过上舒服日子。获得世界冠军，一直是他的梦想和追求。

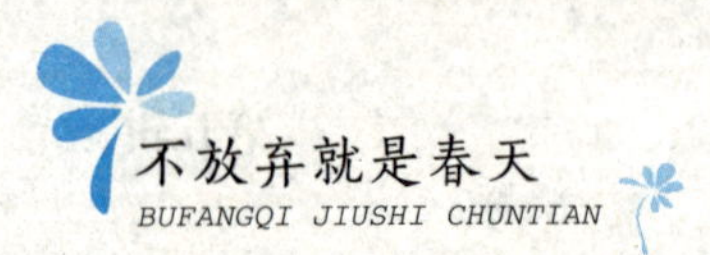

天才也会受到阻力。为了提升自己，大年三十，他远赴英国留学。少小离家，让一个没有安全感的少年，情绪无以安放。好胜的性格，让他不能接受比赛中的任何失败。他变得暴躁，动不动就发火、摔东西、大喊大叫，失败时当众痛哭。脆弱的心理，让他在比赛中只要输一两个球，就有了放弃逃离的迹象。比赛中屡战屡败，他的心累了，不想参加任何比赛了。他甚至有了轻度的抑郁症，他实在太让大家失望了。

那真是一段人生低谷期。他开始旅游，让自己处于一种无所事事的状态。他恋爱了，真正的爱情让他的心慢慢安定和成熟起来。与爱人的交流，让他的情绪舒缓地流动起来。爱人的轻松和视野，让他对自己有了新的审视。生活不只有斯诺克，是的，不只有斯诺克，他的人生在不知不觉中发生变化。

四年后，世界锦标赛中，他又输球了。可同样是输球，他的态度却发生 180 度的转变。脸上带着微笑，向对手和观众竖起大拇指。他终于“输”得起了。不仅如此，在球场上，他时常上演绝处缝生的逆转好戏。他的心理越来越强大，他的成功越来越多。他终于把人生的对手，从外在转向了内在。是的，人生最大的对手就是自己。

曾经，他想在一次次成功中，让自己变得更有力量。而如今，他发现，更大的力量在成功之外。

是爱，让他获得了成功之外的这种力量。

正是这种力量，让他一次又一次走向成功。

他叫丁俊晖，亚洲第一位斯诺克世界冠军，国人的英雄，很多人的偶像。